uma
história
simples

uma história simples

leila guerriero

Tradução
Rachel Gutiérrez

Copyright © 2013 Leila Guerriero
Publicado originalmente em 2013 por Editorial Anagrama S.A.

Título original: *Una historia sencilla*

Editoração: FA Studio

Texto revisado segundo o novo
Acordo Ortográfico da Língua Portuguesa

2015
Impresso no Brasil
Printed in Brazil

Cip-Brasil. Catalogação na publicação.
Sindicato Nacional dos Editores de Livros, RJ.

G965u	Guerriero, Leila, 1967-
	Uma história simples / Leila Guerriero; tradução Rachel Gutiérrez. — 1. ed. — Rio de Janeiro: Bertrand Brasil, 2015. 98 p.; 23 cm.
	Tradução de: Una historia sencilla
	ISBN 978-85-286-2214-0
	1. Malambo — História e crítica. 2. Música popular — Argentina — História e crítica. I. Título.
	CDD: 782.421640982
15-20793	CDU: 793

Todos os direitos reservados pela:
EDITORA BERTRAND BRASIL LTDA.
Rua Argentina, 171 — 2º andar — São Cristóvão
20921-380 — Rio de Janeiro — RJ
Tel.: (0xx21) 2585-2000 — Fax: (0xx21) 2585-2084

Não é permitida a reprodução total ou parcial desta obra, por
quaisquer meios, sem a prévia autorização por escrito da Editora.

Atendimento e venda direta ao leitor:
mdireto@record.com.br ou (0xx21) 2585-2002

Para Diego, que sempre soube,
que nunca duvidou

Agradecimentos
a Cecilia Lorenc Valcarce, por seu apoio

Esta é a história de um homem que participou de uma competição de dança.

A cidade de Laborde, no sudeste da província de Córdoba, na Argentina, a quinhentos quilômetros de Buenos Aires, foi fundada em 1903 com o nome de Las Liebres. Tem seis mil habitantes e está numa área que, colonizada por imigrantes italianos no início do século 19, é um vergel de trigo, milho e derivados — farinha, moinhos, trabalho para centenas —, com uma prosperidade, agora sustentada pelo cultivo da soja, que se reflete nos povoados que parecem saídos da imaginação de um menino sistemático ou psicótico: pequenos centros urbanos com sua igreja, sua praça principal, sua prefeitura, suas casas com jardim na frente, uma Toyota Hilux 4 x 4 reluzente estacionada na porta, às vezes duas. A estrada provincial número 11 atravessa muitos povoados assim: Monte Maíz, Escalante, Pascanas. Entre Escalante e Pascanas fica Laborde, uma cidade com sua igreja, sua praça principal, sua prefeitura, suas casas com jardim na frente, a caminhonete etc. É mais uma dos milhares de cidades do interior cujo nome não é familiar para os demais argentinos. Uma cidade como tantas outras, numa zona agrícola como tantas outras também. Porém, para algumas pessoas com um interesse muito específico, Laborde é uma cidade importante. De fato, para essas pessoas — com esse interesse específico — não existe no mundo uma cidade mais importante do que Laborde.

Na segunda-feira, 5 de janeiro de 2009, o suplemento de espetáculos do *La Nación* publicava um artigo assinado pelo jornalista Gabriel Plaza. Com o título "Os atletas do folclore já estão prontos", ocupava duas pequenas colunas na primeira página e duas colunas médias no interior do jornal, e incluía estas linhas: "Considerados um corpo de elite dentro das danças folclóricas, os campeões caminham pelas ruas de Laborde com o respeito que despertavam os heróis esportivos da antiga Grécia." Guardei o artigo durante semanas, durante meses, durante dois longos anos. Nunca tinha ouvido falar em Laborde, mas desde que lera esse magma dramático formado pelas palavras *corpo de elite, campeões, heróis esportivos* a respeito de uma dança folclórica e um desconhecido povoado do pampa, não pude deixar de pensar. Em quê? Em ir ver.

Gaucho é, de acordo com a definição do *Diccionario folklórico argentino*, de Félix Coluccio e Susana Coluccio, "a palavra usada nas regiões do Prata, na Argentina, no Uruguai (...) para designar os ginetes das planícies ou do pampa, dedicados à pecuária. (...) Ginetes habituais e criadores de gado, caracterizaram-se por sua destreza física, sua altivez e seu caráter reservado e melancólico. Quase todas as lidas eram realizadas a cavalo, animal que se tornou seu melhor companheiro e toda a sua riqueza". O lugar-comum — o preconceito — outorga ao gaúcho características precisas: supõe-se que seja valente, forte, indômito, austero, duro, taciturno, arrogante, solitário, arisco e nômade.

Malambo é, segundo o folclorista e escritor argentino do século XIX Ventura Lynch, "uma competição entre homens que se revezam no sapateado ao ritmo da música". Uma dança que, com o acompanhamento de uma guitarra e um bumbo, era um desafio entre gaúchos que tentavam se superar em resistência e destreza.

Quando Gabriel Plaza falava de "um corpo de elite dentro das danças folclóricas", referia-se a isto: a essa dança e aos que a dançam.

O malambo (cujas origens são confusas, ainda que exista consenso sobre a probabilidade de que se trate de uma dança do Peru que chegou à Argentina) é composto por uma série de figuras ou mudanças de sapateado, "uma combinação de movimentos e batidas rítmicas que se realizam com os pés. Cada conjunto de movimentos e batidas ordenados dentro de uma determinada métrica musical se denomina figura ou mudança (...)", escreve Héctor Aricó, argentino e especialista em danças folclóricas, no livro *Danzas tradicionales argentinas*.

As mudanças, por sua vez, são figuras compostas por batidas da sola dos pés, batidas da ponta, batidas do salto, apoios de meia-ponta, saltos, flexões (torções impensáveis) dos tornozelos. Um malambo profissional inclui mais de vinte mudanças, separadas umas das outras por repiques, uma série de batidas — oito em um segundo e meio — que requer dos músculos uma enorme capacidade de resposta. Cada vez que uma mudança é executada com um pé, ela deve ser executada depois, exatamente igual, com o outro pé, o que significa que um malambista tem de ser preciso, forte, veloz e elegante com o pé direito, e preciso, forte, veloz e elegante com o esquerdo também. O malambo tem dois estilos: o *sureño* — ou sul —, que provém das províncias do Centro e do Sul, e o *norteño* — ou norte —, das províncias do Norte. O Sul tem movimentos mais suaves e é acompanhado pela guitarra. O Norte é mais explosivo e acompanhado por guitarra e bumbo. Os trajes são diferentes em cada caso. No estilo do Sul, o gaúcho usa chapéu-coco ou galera, camisa branca, gravata-borboleta, colete, paletó curto, um *cribo* — calça branca larga, com bordados e franjas na barra — sobre o qual se coloca um poncho com franjas — chiripá* —, preso à cintura, uma rastra — um cinturão largo com adornos de metal ou prata — e botas de potro, uma espécie de capa de couro muito fina que se ajusta aos tornozelos com tentos e cobre somente a parte traseira dos pés, que batem quase nus no chão. No estilo do Norte, o gaúcho usa camisa, lenço no pescoço, paletó, bombachas — calça muito larga e plissada — e botas de couro de cano alto.

Essa dança estritamente masculina, que começou como um desafio rústico, chegou ao século XX transformada numa dança coreografada cuja execução leva de dois a cinco minutos. Se a sua forma mais conhecida é a dos espetáculos *for export*, que incluem volteios de facas ou saltos entre velas acesas, em alguns festivais folclóricos do país pode ser vista em versões mais próximas de sua essência. Mas é em Laborde, esse povoado do pampa liso, onde o malambo conserva a sua forma mais pura: lá, acontece, desde 1966, uma competição de dança prestigiosa e temível, que dura seis dias, exige de seus participantes um treinamento feroz e termina com um ganhador que, como os touros, como os animais de uma raça pura, recebe o título de Campeão.

---

* Triângulo de pano ou lã, passado entre as coxas e preso à cintura. (N.T.)

• UMA HISTÓRIA SIMPLES •

Impulsionado por uma associação chamada Amigos da Arte, o Festival Nacional de Malambo de Laborde ocorreu pela primeira vez em 1966, nas instalações de um clube local. Em 1973, a comissão organizadora — vizinhos entre os quais se encontram, até hoje, manicures e fonoaudiólogas, professores e empresários, padeiros e donas de casa — comprou o prédio de mil metros quadrados da antiga Associação Espanhola e construiu ali um palco. Naquele ano, receberam duas mil pessoas. Agora, vão lá mais de seis mil, além dos fanáticos por competições, sobretudo de malambo, e também algumas de canto, música e outras danças tradicionais, em categorias como solista de canto, conjunto instrumental, casais de dançarinos ou vestimentas regionais. Fora do calendário de competições, apresentam-se músicos e conjuntos folclóricos de muito prestígio (como o Chango Spasiuk, o Peteco Carabajal e La Callejera). Anualmente, as delegações de dançarinos chegam de todo o país e do exterior — Bolívia, Chile e Paraguai —, e acrescentam duas mil pessoas à população de Laborde, onde alguns habitantes abandonam temporariamente suas casas para alugá-las e as escolas municipais se transformam em albergues para a multidão. A participação no festival não é livre: alguns meses antes, realiza-se uma seleção prévia em todo o país, de modo que só chega em Laborde o melhor de cada casa pelas mãos de um delegado provincial.

A comissão organizadora se autofinancia e se nega a entrar na dinâmica dos grandes festivais folclóricos nacionais (Cosquín, Jesús María), tsunamis da tradição televisionados para todo o país, porque acredita que, para realizá-lo, deveria transformar o festival em algo simplesmente vistoso. E nem a duração das jornadas — das sete da noite até às seis da manhã — nem o que nelas se vê é adequado para olhos que buscam digestão fácil: não há, em Laborde, gaúchos sapateando sobre velas nem trajes reluzentes, nem sapatos com strass. Se o de Laborde se autodenomina "o mais argentino dos festivais" é porque ali se consome tradição pura e dura. O regulamento expulsa qualquer vanguarda, e o que o júri — formado por campeões dos anos anteriores e especialistas em danças tradicionais — espera ver é folclore sem *remix*: vestuários e sapatos que respeitem o ar de modéstia ou de luxo que os gaúchos e as paisanas (como são chamadas as mulheres do campo) usavam em sua época; instrumentos acústicos; passos de dança que correspondam aos executados na zona que representam. No palco, não devem ser vistos piercings, anéis, relógios, tatuagens, decotes exagerados. "As botas duras ou fortes deverão ter meia-sola e freio, no máximo, sem ponteira metálica, e cores tradicionais. A bota de potro deverá ser de formato autêntico, o que não implica que seja obrigatoriamente do material com que era confeccionada antigamente (couro de potra, couro de onça). Não é permitido o uso de punhais, boleadeiras, lanças, esporas, nem qualquer tipo de elemento alheio à dança (...). O acompanhamento musical deve ser tradicional e respeitar todas as suas formas; consistirá de até dois instrumentos, dos quais um deles será obrigatoriamente uma guitarra (...). A apresentação (...) não deverá buscar grandes efeitos", como estabelecem alguns artigos do regulamento. Esse espírito refratário às concessões e apegado à tradição foi provavelmente o que o transformou no festival mais secreto da Argentina. Em fevereiro de 2007, a jornalista do *Clarín,* Laura Falcoff, que frequenta o festival há anos, escrevia: "Em janeiro passado, completou cinquenta anos o Festival de Malambo de Laborde, província de Córdoba, um encontro praticamente secreto se for medido seu reduzido eco nos grandes meios de comunicação. Para os malambistas de todo o país, em contrapartida, Laborde é uma verdadeira Meca, o ponto geográfico onde se concentram, uma vez por ano, suas expectativas mais altas." O Festival Nacional de Malambo de Laborde quase nunca é mencionado quando são publicados artigos sobre a quantidade de festivais folclóricos que povoam o verão argentino, embora seja realizado na primeira quinzena de janeiro, entre uma terça-feira e uma segunda de madrugada.

A competição de malambo se divide em duas categorias: quartetos (quatro homens sapateando em sincronização perfeita) e solistas. Por sua vez, essas duas categorias se dividem em subcategorias — infantil, menor, juvenil, juvenil especial, veterano —, dependendo da idade dos participantes. Mas a joia da coroa é a categoria solista de malambo maior, na qual competem homens — sozinhos — a partir dos 20 anos. Os competidores — chamados "aspirantes" — se apresentam em um número que não supera cinco por dia. Numa primeira aparição, que fazem por volta da uma da manhã, cada um deles dança o malambo "forte", que corresponde à província de onde vêm: Norte, se são da zona Norte; Sul, se são da zona Sul. Depois, por volta das três da madrugada, interpretam a "devolução", o malambo do estilo contrário ao que dançaram na primeira ronda: os que dançaram norte dançam sul, e vice-versa. No domingo, ao meio-dia, o júri se reúne, seleciona os nomes dos que passaram para a final e comunica aos delegados de cada província, que, por sua vez, comunicam aos aspirantes. Na madrugada de segunda-feira, os selecionados — entre três e cinco — dançam seu estilo "forte" numa final apoteótica. Por volta das cinco e meia da manhã, com o dia clareando e o prédio ainda repleto, conhecem-se os resultados em todas as categorias. O último a ser revelado é o nome do campeão. Um homem que, no momento exato em que recebe a sua coroa, é aniquilado.

A estrada provincial número 11 é uma faixa de asfalto estreita, com várias pontes oxidadas pelas quais passa uma via por onde já não trafega o trem. Se é percorrida no verão austral — janeiro, fevereiro —, vê-se de um lado e do outro o cartão-postal perfeito do pampa úmido: campos explodindo um verde como trigo verde, verde brilhante, verde-milho. É quinta-feira, 13 de janeiro de 2011, e a entrada para Laborde não poderia ser mais óbvia: há uma bandeira argentina pintada — azul-celeste e branco — e a legenda que diz: Laborde, Capital Nacional do

Malambo. O povoado é um desses lugares com limites nítidos: sete quadras de comprimento e catorze de largura. Isso é tudo e, como é tão pouco, a gente quase não conhece os nomes das ruas e se guia por indicações como "em frente à casa de López" ou "ao lado da sorveteria". Assim, o prédio onde acontece o Festival Nacional de Malambo é, simplesmente, "o prédio". Às quatro da tarde, sob uma luminosidade seca como uma carapaça de gesso, as únicas coisas que se movem em Laborde estão nesse lugar. Tudo o mais permanece fechado: as casas, os quiosques, as lojas de roupas, as quitandas, os supermercados, os restaurantes, os cibercafés, os armazéns, as churrascarias, a igreja, a prefeitura, os centros vizinhos, as delegacias de polícia e o Corpo de Bombeiros. Laborde parece um povoado submetido a um processo de paralisia ou mumificação, e a primeira coisa que penso quando vejo essas casas baixas com seus bancos de cimento na frente, as bicicletas sem cadeado apoiadas nas árvores, os carros destrancados e com os vidros arriados, é que já vi centenas de povoados como esse e que, à primeira vista, esse não tem nada de particular.

Se existem na Argentina outros festivais nos quais o malambo é um dos pontos altos da competição — o festival de Cosquín, o da Sierra —, Laborde — onde essa dança é protagonista excludente — tem um regulamento que o torna único: estabelece, para a categoria de malambo maior, um máximo de cinco minutos. Nos demais festivais, o tempo aceitável é de dois e meio ou três.

Cinco minutos são pouca coisa. Uma ínfima parte de uma viagem de avião de doze horas, um sopro numa maratona de três dias. Mas tudo muda se são feitas comparações corretas. Os corredores de cem metros livres mais rápidos do mundo têm suas marcas abaixo dos dez segundos. A de Usain Bolt é de nove segundos e cinquenta e oito centésimos.

• UMA HISTÓRIA SIMPLES •

Um malambista alcança uma velocidade que demanda uma exigência parecida à de um corredor de cem metros, mas tem de mantê-la não durante nove segundos, mas durante cinco minutos. Isso quer dizer que os malambistas que se preparam para Laborde não só recebem o treinamento de um dançarino durante o ano anterior ao festival, mas também a preparação física e psicológica de um atleta. Não fumam, não bebem, não ficam sem dormir, correm, vão à academia, exercitam a concentração, a atitude, a segurança e a autoestima. Embora alguns treinem sozinhos, quase todos têm um preparador físico que costuma ser um campeão de anos anteriores e a quem devem pagar as aulas e a viagem até a cidade em que moram. A isso se acrescentam mensalidades da academia, consultas com nutricionistas e esportistas, comida de boa qualidade, o traje (3.000 ou 4.000 pesos — 600 ou 800 dólares — para cada um dos estilos: somente as botas do malambo do Norte custam 700 pesos — 140 dólares — e é preciso trocá-las a cada quatro ou seis meses, porque se desmancham) e a estada em Laborde, que costuma prolongar-se por quinze dias, já que os participantes preferem chegar antes do início do festival. Quase todos são filhos de famílias muito humildes formadas por donas de casa, funcionários municipais, metalúrgicos, policiais. Os mais bem-sucedidos trabalham dando aulas de dança em escolas e institutos, mas há também eletricistas, ajudantes de obras, mecânicos. Alguns se apresentam pela primeira vez e ganham, mas quase todos devem continuar insistindo.

O prêmio, por sua vez, não consiste em dinheiro, nem em uma viagem, nem em uma casa, nem em um carro, mas numa taça simples, assinada por um artista local. Entretanto, o verdadeiro prêmio de Laborde — o prêmio em que todos pensam — é tudo o que não se vê: o prestígio e a reverência, a consagração e o respeito, o destaque e a honra de ser um dos melhores entre os poucos capazes de dançar essa dança assassina. No pequeno círculo majestoso dos dançarinos folclóricos, um campeão de Laborde é um eterno semideus.

Mas há algo mais.

Para preservar o prestígio do festival e reafirmar seu caráter de competição máxima, os campeões de Laborde mantêm, desde o ano de 1966, um pacto tácito que diz que, apesar de poderem fazê-lo em outros certames, jamais voltarão a competir, nem nesse nem em outros festivais, numa categoria de malambo solista. Uma quebra dessa regra não escrita — houve duas ou três exceções — é paga com o repúdio dos pares. Assim, o malambo com o qual um homem ganha é também um dos últimos malambos de sua vida: ser campeão de Laborde é, ao mesmo tempo, o ápice e o fim.

No mês de janeiro de 2011, fui a esse povoado com a ideia — simples — de contar a história do festival e tentar compreender por que essa gente queria fazer tal coisa: elevar-se para sucumbir.

Nas ruas de terra que circundam o prédio, há centenas de toldos alaranjados que abrigam postos em que, durante a noite, são vendidos artesanatos, camisetas, CDs, mas que, à tarde, reverberam sob o sol e emitem centelhas gelatinosas e quentes. O prédio está rodeado por um alambrado olímpico e, assim que se entra nele, à direita está a Galeria de Campeões, onde se exibem as fotos dos que ganharam desde 1966, e praças de alimentação, por ora fechadas, que vendem empanadas, pizza, locro (um guisado tradicional), churrasco e frango grelhado. Do outro lado ficam os banheiros e a sala de imprensa, uma construção quadrada, ampla, com cadeiras, computadores, e que tem uma parede inteira coberta por um espelho. No fundo, o palco.

Conheço histórias desse palco: conta-se que, pelo respeito que impõe, muitos aspirantes renunciaram minutos antes de subir nele; que um leve declive para a frente o torna temível e perigoso; que está tão carregado de fantasmas de grandes malambistas que se torna aterrador. O que vejo é um telão azul e, ao lado e acima, os cartazes dos patrocinadores: *Corredores de cereales Finpro; El Cartucho SA transportes; Casa Rolandi, artículos para el hogar*. Debaixo das tábuas, há microfones que amplificam o som de cada pisada com precisão maléfica. Diante do palco, centenas de cadeiras de plástico, brancas, vazias. Às quatro e meia da tarde, custa imaginar que, em algum momento, haverá ali algo mais do que isso: nada, e essa ilha de plástico de onde sobe uma onda de calor ululante.

Estou olhando as copas de alguns eucaliptos, que não são suficientes para deter as garras do sol, quando o escuto. Um galope estendido ou o balanço de uma arma bem carregada. Viro-me e vejo um homem no palco. Tem barba, e está usando uma *galera*, colete vermelho, paletó azul curto, um *cribo* branquíssimo, um chiripá em tons de bege, e ensaia o malambo que vai dançar esta noite. No início, o movimento das pernas não é lento, mas humano: uma velocidade que se pode acompanhar. Depois o ritmo aumenta, e torna a aumentar, e continua aumentando, até que o homem crava um pé no chão, fica extático olhando o horizonte, abaixa a cabeça e começa a respirar como um peixe lutando por oxigênio.

— Boa — diz aquele que, ao seu lado, toca a guitarra.

Por que um povo de imigrantes sedentários, prolixos e conservadores proporciona um festival que gira em torno da dança mais emblemática dos gaúchos, que eram, a princípio, pessoas nômades, levantinas e que não reconheciam autoridade? Não sei. Mas o Festival Nacional de Malambo de Laborde é o equivalente de qualquer campeonato mundial de qualquer coisa: um certame de insuperável qualidade. E os que o vencem, os melhores do mundo. Das acepções que a Real Academia Espanhola atribui à palavra campeão (pessoa que obtém a liderança no campeonato/pessoa que defende com tenacidade uma causa ou doutrina/herói famoso em armas/homem que nos desafios antigos lutava corpo a corpo e entrava na batalha), o prêmio maior de Laborde parece abarcá-las todas.

Às seis da tarde, tudo mudou. Os bares da cidade estão abertos e, em algumas esquinas, há grupos que improvisam um sapateado, um ponteio de guitarras. Todos parecem muito jovens e, embora usem calças largas, minissaias e camisetas com estampas de bandas de rock, alguns detalhes não correspondem à idade nem à época: eles usam cabelos compridos e barbas volumosas, como costumavam usar os gaúchos, ou seu estereótipo; elas, os cabelos amarrados em longas tranças, como costumavam usar as prudentes paisanas, ou seu estereótipo.

Às oito da noite, as ruas que desembocam no prédio estão fechadas para o trânsito. Dentro do prédio, uma maré de gente caminha pela feira que é montada ali e onde se vendem alfajores, doces caseiros, massas secas, cortinas para banheiro, roupas para cachorros, cinturões de couro, erva-mate, bijuterias de prata, facas, camisetas. As praças de alimentação despacham porções e porções de locro, de pizza, de churrasco. As cadeiras brancas colocadas para o público estão repletas e, no palco, se apresentam os primeiros colocados da competição. Agora dançam os quartetos de malambo infantil, meninos de até 9 anos, gaúchos em miniatura que arrancam da plateia aplausos ou indiferença sem concessões à sua idade.

Ariel Ávalos está numa sala usada como biblioteca. Ganhou o campeonato no ano 2000 pela sua província, Santa Fé, e é uma raridade: usa os cabelos muito curtos e barba.

— O regulamento não proíbe que alguém se apresente em outro festival, mas nós, campeões, temos um acordo tácito. Não existe outro festival mais importante do que este, e preparar-se para ele leva anos; portanto, é preciso dar valor a todo esse esforço. E a forma de lhe dar

• UMA HISTÓRIA SIMPLES • 19

valor é não competir em outro lugar. É uma forma de dizer que não há nada que o iguale em prestigio e importância.

Álvaro é filho de um homem que trabalha numa fábrica de cerâmicas e de uma dona de casa. Começou a dançar aos 8 anos, no grupo de danças do colégio, e, em 1996, começou a se preparar para competir em Laborde. No ano em que ganhou, treinou com Víctor Cortez — campeão de 1987 —, esportista e nutricionista. Para pagar tudo isso com o salário que ganhava numa oficina mecânica, teve de abandonar a universidade, onde estudava Antropologia.

— A universidade vai estar sempre ali, mas a possibilidade de ganhar Laborde, não. Aqui viemos pela honra, não por dinheiro. Mas, quando se dança, não sobra um pedaço do corpo que não ferva. O que se sente é o fogo. A cidade de onde sou, San Lorenzo, é banhada por um rio. Eu ia para uma baixada e começava a sapatear olhando o rio. A força que o rio tem é o equivalente ao que eu sentia enquanto dançava. O primeiro obstáculo que um malambista enfrenta é o medo: vou terminar bem o malambo, vou ter ar suficiente, vou ter resistência? Quando eu estava me preparando, um rapaz que estudava Psicologia me passou um exercício que consistia em parar diante de um espelho e dizer: "Eu sou o campeão." E não parar até acreditar. Comecei no espelho do banheiro: "Sou o campeão, sou o campeão." No começo, eu ria. Mas chegou o dia em que me convenci. Outra coisa que eu fazia era imaginar a voz do locutor anunciando o meu nome, e ficava arrepiado. Inclusive agora, quando vejo os meninos dançarem, quero estar ali. Não posso acreditar que exista gente que não dance o malambo. Mas a preparação é muito exigente. Precisamos da mesma capacidade de rendimento que a de um jogador de futebol de primeira divisão, só que nenhum jogador corre intensamente durante cinco minutos. Corre cem metros e para. Manter esses cinco minutos é o que faz o malambista. E é uma barbaridade. Depois de um minuto e meio de malambo, o quadríceps começa a queimar, a respiração muda. E quando muda a respiração, se não estamos preparados, temos de parar.

— Por quê?

— Porque nos sufocamos.

Ariel Ávalos foi finalista em 1998 e vice-campeão (o único outro título que se entrega na categoria maior) em 1999. O vice-campeão é um dos favoritos para a competição do ano seguinte, de modo que, depois de treinar com rigor, partiu para Laborde em 3 de janeiro de 2000. Poucos dias antes, seu avô começara a sentir uma forte dor nas costas. Ávalos tinha sido criado por ele desde os treze anos, porque a casa de seus pais era muito humilde e, com mais dois irmãos, já não havia espaço para todos. Nos dias que se seguiram à sua chegada em Laborde, cada vez que telefonava para a família para ter notícias do avô, diziam-lhe que ele não estava, pois o médico o aconselhara a caminhar e que por isso tinha ido dar uma volta. Dançou, como sempre fazem os vice-campeões na primeira noite, abrindo a competição, e passou para a final. Na segunda-feira de madrugada, desceu do palco exultante, porque sabia que tinha dançado bem. Estava no camarim, recompondo-se, quando seu treinador lhe comunicou o que todos sabiam, menos ele: que seu avô estava internado, em estado grave, e que, em concordância com seus pais, decidira não lhe contar, receoso de que quisesse desistir. Ariel Ávalos não ficou zangado: entendeu que fora preciso ser assim. Às cinco da manhã de segunda-feira, 17 de janeiro, o locutor anunciou o nome do campeão: era ele. Ariel agradeceu, dançou algumas mudanças — como sempre faz o campeão recém-coroado —, disse algumas palavras, desceu do palco, correu para o seu carro e partiu para San Lorenzo. Mas seu avô morrera às oito da manhã, quando ele ainda estava na estrada.

— Minha tia, que foi a última a falar com ele antes que entrasse em coma, me disse: "Antes de dormir, perguntou por você, perguntou como tinha sido." Essa foi a última coisa que perguntou.

Lá fora, começa a chover, mas, pela porta entreaberta do salão, pode-se ver que ninguém vai embora.

— Um malambista tem de estar disposto a renunciar a coisas inconcebíveis.

Às onze da noite, já não chove mais. Uma delegação provincial dança no palco, e, entre as cadeiras, homens e mulheres, de jeans, de saia ou de short, com boinas e ponchos, dançam agitando lenços. Não interpretam uma encenação de dançarinos inexperientes, mas o concêntrico floreio de uma zamba. O público é o grande orgulho de Laborde: gente que sabe o que está vendo e é capaz de julgar a qualidade e o erro. Para eles, Laborde não é um museu de tradição ressequida, mas uma mostra admirável de coisas que foram criadas e que ainda são cultivadas.

Atrás do palco, num espaço onde o assoalho não tem lajotas e as paredes são de tijolos ocos, estão os camarins. Quatro deles são celas monásticas com porta de metal, bancada de cimento, e nada mais. O quinto fica num canto. Suas paredes não chegam até o teto, e ele não tem mesa nem luz própria. Há dois banheiros, cujas portas não fecham, e um espelho grande embutido numa das paredes. O lugar — submerso no cheiro ácido de pomada anti-inflamatória — está sempre apinhado de gente que se veste e se despe, se maquila, faz flexões, aplica laquê, faz tranças, alisa a barba, se angustia e espera. Por todos os lados há cabides com vestidos pendurados e trajes de gaúcho, homens de cueca, mulheres tirando seus sutiãs com gestos pudicos. Antes de subir ao palco, dezenas de pessoas realizam ali o aquecimento dos músculos, enquanto a adrenalina bombeia jatos de eletricidade em seus corações incendiados.

— Não, idiota, não estou conseguindo tirar o anel, quero me matar.

Uma garota com tranças impecáveis e um vestido de babados vaporosos (com estampa de flores mimosas) luta, xingando muito, para tirar um enorme anel de cor fúcsia. Está com o dedo inchado e faltam apenas cinco minutos para ela subir ao palco. Se o júri vir o anel, a delegação poderá ser desclassificada.

— Passou sabão?

— Sim!

— E saliva? Detergente?

— Sim, sim, e não sai!

— Que imbecil!

Um homem jovem, sentado num banco, enfia uma perna em um saco de plástico e em seguida calça as botas de cano alto.

— É para deslizar. Senão, não entra. Sempre usamos as botas dois números menores, para que fiquem justas e possamos ter um desempenho melhor.

No assoalho, em frente ao espelho na parede, há uma tábua de madeira. Sobre a tábua, quatro integrantes de um quarteto de malambo do Norte levantam o queixo e ensaiam um olhar no qual se fundem a altivez e o desafio. Quatro peitos se inflam como os de quatro galos que se preparam para brigar. O que acontece depois parece um desfile do Exército da Coreia do Norte: as pernas desenham uma sincronização impressionante e oito saltos pisam, raspam, mordem, batem como se fossem um só. Ao seu redor formou-se um círculo de curiosos, que os contemplam em silêncio. Quando os homens terminam, sobrevém um êxtase gelado e o círculo se desfaz, como se nunca tivesse estado ali, como se o que acabou de se ver fosse uma cerimônia sagrada ou secreta, ou as duas coisas.

Uma hora mais tarde, à meia-noite, as portas dos cinco camarins se fecham, e, do outro lado dessas chapas de metal, ouvem-se os bumbos, as guitarras, ou o silêncio mais puro. Ali, velando as armas, estão alguns dos homens pelos quais todo mundo espera. Cinco competidores do malambo maior.

Todas as noites, o malambo maior é anunciado da mesma maneira. Entre meia-noite e meia e uma da madrugada soa o Hino de Laborde — "Baila el malambo / Argentina siente que su pueblo está vivo / Laborde está llamando a fiesta, al malambo nacional" — e a voz de um locutor diz:

— Senhoras e senhores, chegou a hora da competição esperada por todos, por Laborde e por toda a Argentina!

O locutor insiste, sempre, em saudar a Argentina, embora a Argentina não fique sabendo, e continua:

— Senhoras e senhores, Laborde, país..., entra agora o competidor de malambo maior!

Junto com as estrofes finais do hino, espocam fogos de artifício. Quando o locutor anuncia o nome do aspirante que subirá ao palco para dançar, desce o silêncio como uma capa de neve.

O júri, numa mesa comprida aos pés do palco, permanece imóvel.

A primeira coisa que se escuta é o dedilhar de uma guitarra, triste como as últimas tardes do verão. O homem que vai dançar usa um paletó curto preto, um colete vermelho. O cribo branco com franjas bate nos tornozelos como uma chuva cremosa e, em vez de chiripá, ele está usando uma calça escura, apertada. É louro, de barba comprida. Caminha até o centro do palco, para e, com um movimento que parece brotar dos ossos, acaricia o chão com a ponta, com o salto, com a lateral do pé, um gotejar de batidas precisas, uma trama de sons perfeitos. Envolto na tensão que precede o ataque de um lobo, aumenta pouco a pouco a velocidade, até que seus pés são dois animais que rasgam, moem, quebram, despedaçam, trituram, matam, e, finalmente, batem no palco como um choque de trens e, banhado em suor, para, duro como uma corda de cristal purpúrea e trágica. Depois, cumprimenta com uma reverência e sai. Uma voz de mulher, impávida, opaca, diz:

— Tempo empregado: quatro minutos, quarenta segundos.

Esse foi o primeiro malambo maior em competição que vi em Laborde, e foi como ter recebido uma trombada. Corri para trás do palco e vi que o homem — Ariel Pérez, aspirante da província de Buenos Aires — se enfiava em seu camarim com a urgência de quem tem de esconder o amor ou o ódio ou a vontade de matar.

— Aaaai, olha o que você fez no deeeedooo.

Irma coloca as mãos na cabeça e olha o dedo: é um dedo enorme, que desponta de uma bota de potro, e do qual saiu um pedaço de carne da ponta.

— Sim, mas não foi nada.

— Como que não foi nada? Você tirou um pedaço! Vou buscar gaze e álcool para desinfetar.

— Não se preocupe.

Irma corre para buscar álcool e ataduras. Pablo Albornoz está sentado e olha para o dedo como se já o tivesse visto assim outras vezes. Tem 24 anos, é aspirante pela província de Neuquén, preparou-se com Ariel Ávalos, e está mais preocupado em se recuperar — tem de voltar a dançar dentro de uma hora — do que pelo dedo.

• UMA HISTÓRIA SIMPLES •

— Está doendo?

— Sim, mas, quando a gente está lá em cima, fica tão concentrado que nem percebe. São quatro minutos e meio de pura garra, pura batida.

Ele trabalha como porteiro em um jardim de infância e já se apresentou muitas vezes em Laborde, tantas que já chega a dizer a si mesmo que não dá para isso.

— Acho que sou um inútil, um desastre. Porque danço desde os 12 anos e alguns há quatro, se apresentam e ganham. Mas eu não conseguiria viver se não viesse.

Irma volta com uma garrafa de álcool e um pedaço de pano. Agacha-se e olha o dedo, que deixou um rastro de sangue.

— Ai! Está faltando um pedaço!

— Não se preocupe. Depois veremos. Agora tenho de dançar.

Irma desinfeta o dedo, Pablo calça o saco plástico, a bota de cano alto e vai para um canto esticar os músculos. Um dedo cortado, um saco plástico e, em cima disso, uma bota dois números menor: não parece um ideal de conforto.

— Eu o acompanho sempre — diz Irma. — É um sacrifício, porque chegamos na segunda-feira, às oito da manhã, de ônibus, uma viagem longuíssima; e às onze lhe deram o horário para ensaiar, assim que saltou do coletivo. No outro dia, coube a ele o horário de ensaio às quatro da madrugada, de quatro às sete. Ele faz um grande esforço. Tem de pagar o seu professor, pagar o avião, a estadia, as aulas. E comprar os trajes. Mas se ganham, isso tudo muda para eles, do ponto de vista de trabalho, porque se dedicam a preparar outros, a ter alunos, a ser jurados. Pablo ainda é jovem, tem 25 anos, mas, se não ganhar antes dos 30, já era.

Em Laborde, não existe o conceito de ex-campeão, e quem ganha uma vez reinará para sempre, mas o título implica, além do prestígio eterno, um incremento no trabalho e um pagamento melhor. Um professor de dança ou um licenciado em folclore, por melhor que seja, nunca receberá os duzentos dólares por jornada de aulas ou pela participação num júri que recebe um campeão. Assim, enquanto diante do palco a gente dança, olha, aplaude, come e tira fotos, atrás, envoltos pelo cheiro da arnica e do anti-inflamatório, eles esperam o momento em que talvez a vida deles comece a mudar.

— Cidade de Laborde, país! Estes são os filhos da pátria que mantêm em alta a nossa tradição! Uma breve pausa publicitária e já voltamos — diz o locutor com entusiasmo.

Hernán Villagra mora num povoado chamado Los Altos, em Catamarca, tem 24 anos, estuda criminalística, aspira entrar na polícia — onde o seu pai trabalha — e vive com dores. Hoje, sexta-feira, sentado à mesa do bar da esquina da praça, está sentindo dor; quando para e caminha até o banheiro, sente dor. A dor o acompanha aonde quer que vá porque tem artrose nos dedos do pé, e a solução é operar, mas, antes, deve cumprir o rito: subir ao palco e dançar o último malambo solista da sua vida nas tábuas de Laborde. Villagra é o campeão de 2010, de modo que, ao longo de todo o ano passado, fez viagens, deu entrevistas e assinou autógrafos. Na segunda-feira, de madrugada, vai dizer adeus ao seu reinado e entregar a taça ao novo campeão, que receberá, a partir desse momento, as atenções que ele recebeu.

— Danço desde os seis anos. Apresentei-me aqui, pela primeira vez, em 2007, e estava muito assustado. Não é qualquer um que sobe neste palco. No mesmo dia em que chegamos, meu professor me disse: "Troque de roupa que vamos ensaiar no palco." Havia outros aspirantes marcando o malambo, e comecei a sentir um pouco de medo. Nesse dia, fiquei doente, desarranjado e vomitei. Mas dancei e me saí bastante bem. Passei para a final, mas não ganhei. Em 2008, fui vice-campeão. E em 2009, tornei a ser vice-campeão. Ser vice-campeão duas vezes é humilhante. Teria preferido perder a ser vice-campeão de novo. Foi muito ruim. Estar a um passo e não chegar lá. Além disso, a gente começa a pensar que é preciso voltar a trabalhar outro ano para se apresentar outra vez, e aí vai ficando desgastado fisicamente. São cinco minutos batendo na tábua. As pernas se ressentem, os tendões, as cartilagens, a gente vai se machucando por dentro e por fora. O estilo do Norte faz bolhas nos pés e o do Sul faz com que os dedos queimem quando raspamos a tábua, ficam machucados com as farpas do palco.

— E vale a pena machucar-se assim?

— É que o que se sente aí em cima é único. É como uma eletricidade. Tornei a me apresentar em 2010 e passei para a final. E foi aí que dancei o melhor malambo da minha vida. Quando desci, estava cego. Soube que tinha feito o malambo como nunca. Fiquei como se estivesse em choque. E ganhei. Quando voltei para a minha cidade, como campeão, os vizinhos estavam me esperando na estrada e me seguiram numa caravana por vinte quilômetros.

— E agora?

— Agora não quero pensar muito no último malambo. Tenho de desfrutá-lo, porque é o último. Nesse momento, passam muitas coisas pela cabeça da gente.

— Que coisas imagina que vão acontecer com você?

— Bem... um monte de emoções.

— Quais, por exemplo?

— Bem... tudo o que foi acontecendo ao longo do ano.

— Como o quê?

— Bem... as coisas que vivi.

Tenho vontade de insistir, mas desisto. Começo a me dar conta de que é inútil.

❖

"São um monte de coisas que passam pela cabeça da gente." "Muitas emoções passam por você." "É algo inesquecível." "É preciso vir com mentalidade de campeão." "Estar representando a minha província já é um triunfo." "As pessoas nos dizem coisas maravilhosas."

As frases parecem as que os jogadores de futebol usam para falar com a imprensa: "O grupo está muito unido", "Estamos com o espírito muito elevado", "Eles foram superiores". Na hora de responder perguntas concretas — o que pensam enquanto estão dançando, o que lembram da noite em que ganharam o prêmio —, repetem — uma atrás da outra — as mesmas frases feitas: mencionam o monte de coisas que lhes passou pela cabeça ou como foi tudo maravilhoso, mas raramente citam detalhes concretos. Se insistimos para que contem, ao menos, uma só coisa maravilhosa de todas as que lhes aconteceram, contarão a história, por exemplo, do campeão do ano de 1996, que se aproximou para dar-lhes um abraço e disse: "Precisamos encher os prêmios de conteúdo", ou a do menino que tremia de emoção quando lhe deram um autógrafo numa escolinha da Patagônia. Poderia parecer muito pouco. Para eles — filhos de famílias numerosas, criados em povoados remotos, em meio à precariedade econômica mais gritante e sem um único ancestral famoso — é tudo.

— Veja, aqui também está fechado. Esses labordenses.

O carro de Carlos de Santis, delegado da província de Catamarca, dá voltas procurando um lugar onde possa comprar alguma coisa para comer. São 12h36, mas em Laborde tudo fecha às 12h30 e reabre às quatro ou cinco da tarde. Nem mesmo as duas mil pessoas que chegam durante a semana do festival alteram o horário de almoço e o da sesta. Para Carlos de Santis, professor de dança e treinador dos dois campeões de malambo de Catamarca, Diego Argañaraz, que ganhou em 2006, e

Hernán Villagra, isso parece normal, porque ele vem de uma cidade de mil habitantes, chamada Graneros, na província de Tucumán.

— Eu morava numa casinha de paredes de barro e telhado de palha. A geladeira era um buraco que fazíamos no chão e tapávamos com lona molhada e lá colocávamos as coisas para que se mantivessem frescas. Eu ia cortar lenha para vender, ou saía para caçar rãs e as vendia. Como eu queria estudar, saía de casa às cinco da manhã e caminhava três horas até o colégio. Entrava às oito. Saía ao meio-dia e chegava em casa às quatro. Às cinco da tarde, ia trabalhar no campo até o pôr do sol. De noite, ia a um barzinho servir as mesas e varrer, para que me dessem uma refeição e gorjetas. Um dia, veio alguém ao povoado ensinar malambo, e eu fui. Queria aprender tudo, malambo, inglês, piano, o que fosse para poder ir embora. Não porque não sentisse carinho pelo povoado, mas não queria terminar trabalhando no arado, no campo. Por isso, acho que o malambo nos diz muito. Somos gente austera, sofrida. Como o malambo. E é preciso dizer aos rapazes que eles têm de mostrar isso, essa essência. Defender a tradição. O que acontece é que é muito sacrifício, porque treinamos 365 dias para dançar cinco minutos. E, se erramos nesses cinco minutos, adeus um ano de trabalho. E são todos rapazes muito humildes, para todos isso é muito penoso.

À uma da tarde, quando já é evidente que nada está aberto, Carlos de Santis para o carro em frente à escola Mariano Moreno, onde se hospeda com sua delegação.

— Venha, para conhecer.

No pátio de recreação, sob um calor de amianto, há fileiras de roupas estendidas e três ou quatro homens jogando cartas. Dentro da escola, parece que foi montado um acampamento de refugiados. Ao vento quente que sopra de cinco ventiladores, o chão está coberto por colchões, que, por sua vez, estão cobertos por mantas, toalhas, chapéus, vestidos, guitarras, bumbos, pessoas. Nas paredes, alguém pregou cartazes que dizem: "Por favor, cuidem da limpeza e da ordem do lugar para a comodidade de todos." Aqui e ali há garrafas térmicas, mate, erva, açúcar, mamadeiras, garrafas de sucos de marcas desconhecidas, doce de leite, saquinhos de chá, pão, fraldas, bolachas. As janelas estão tapadas por ponchos, e algumas mulheres passam a ferro os vestidos que usarão à noite. O calor é tão espesso que parece uma névoa. Carlos de Santis mostra a entrada de uma das salas de aula e diz:

— Eu durmo ali.

Na sala há, simplesmente, um colchão.

A média da idade deles é de 23 anos. Não fumam, não bebem, não ficam sem dormir. Muitos escutam punk ou heavy metal ou rock, e todos são capazes de diferenciar um *pericón* de uma *cueca*, uma valsa de uma *vidala*. Leram devotadamente livros como *Martín Fierro, Don Segundo Sombra* ou *Juan Moreira*: epítomes da tradição e do mundo gaúcho. A saga que esses livros formam, e alguns filmes de época — como *La guerra gaucha* —, são para eles tão inspiradores quanto são para outros *Harry Potter* ou *Star Trek*. Dão importância a palavras como respeito, tradição, pátria, bandeira. Desejam ter no palco, mas também fora dele, os atributos que se supõem atributos gaúchos — austeridade, coragem, altivez, sinceridade, franqueza —, e ser rudes e fortes para enfrentar os golpes. Que sempre são, como já foram, muitos.

Héctor Aricó é dançarino, coreógrafo, investigador, autor de livros e artigos sobre danças tradicionais argentinas. Há quinze anos faz parte do júri de Laborde, e tem uma reputação blindada. Hoje, sexta-feira, esteve na mesa do júri, como todos os dias, das oito da noite às seis da manhã. Às dez, fez uma palestra sobre vestuário. Agora está fumando, debaixo de um guarda-sol, no prédio, vestido de preto, modulando com precisão e gesticulando muito, como se fosse um ator de cinema mudo.

— Laborde não tem a transcendência dos outros festivais em termos de comércio porque a comissão organizadora e os delegados preferiram assim. Mas é o baluarte do malambo e, para um dançarino, a consagração máxima.

— O que o júri avalia quando está julgando uma dança?

— Antes de mais nada, a simetria. Essa é uma dança absolutamente simétrica numa estrutura humana, que é logicamente assimétrica. O primeiro treinamento, e o mais terrível, é executar simetria: em habilidade, em intensidade, em sonoridade, em igualdade espacial. O segundo lugar é a resistência. Aqui todos sabem que não vão ganhar com um malambo de dois ou de três minutos, que têm de aproximar-se dos cinco. Então, a capacidade de resistência também é avaliada. Depois, a estrutura, que tem de ser atraente, mas se mantendo dentro do que pede o regulamento: é preciso ver, por exemplo, se as elevações das pernas não excedem os limites, porque isso não é um show, e sim uma competição. E o acompanhamento musical. Muitas vezes, os músicos não conseguem acompanhar o malambista e eles também não podem ser os protagonistas para não prejudicá-lo. E, por último, os trajes. Se as franjas dos ponchos pertencem à zona correspondente, se as bombachas não têm pregas demais. Para esses rapazes, quando ganham, abre-se um mercado de trabalho importante, mas também é uma aposentadoria prematura. Tornam-se campeões aos 21, 22 anos, de uma dança que já não tornam a executar. Não existe um regulamento que o proíba, mas surge a questão: "E se me inscrevo nesse festival e ganham de mim? Melhor ficar com a glória."

— Apenas uma batida no assoalho: isso é o que preciso de vocês.

Na primeira hora da tarde, sob um sol escaldante, um quarteto de malambo ensaia no palco. Os malambistas usam camisetas de cores fortes, bermudas de surfista e estão descalços. O preparador repete:

— Não preciso de outra coisa. Juntos, juntos, juntos. Um só.

E eles — juntos, juntos, juntos, um só — batem no assoalho como se quisessem arrancar dele uma confissão. Enquanto isso, sentado à sombra dos eucaliptos, Pablo Sánchez, o delegado de Tucumán, fala cercado por rapazes e moças que o escutam com ar de preocupação:

— Precisamos ter força. Outros festivais, tudo bem, mas Laborde é de outro peso. É peso-pesado. É a primeira vez que isso acontece em cinquenta e cinco anos de dança, e já vamos ver de onde vai sair o dinheiro para pagar o ônibus. Vocês não precisam pensar nisso, têm de se concentrar em deixar tudo no palco.

O grupo concorda e se dispersa. Sánchez — o patriarca de uma família de malambistas tucumanos que preparou seis campeões e dois vice-campeões — diz que o ônibus que iria trazê-los de Tucumán, e que estava pago, nunca apareceu. No último momento, tiveram de contratar outro e, naturalmente, pagar de novo.

— Ficamos muito endividados, mas já veremos como isso se resolverá.

— Não pensaram em suspender a viagem?

— Jamais. Não vir a Laborde é impensável.

O filho mais velho de Pablo Sánchez, Damián, estava destinado a ser o seguinte grande campeão de Laborde quando, aos 20 anos, morreu de um derrame cerebral. Então, seu irmão, Marcelo, se apresentou e ganhou o título, em 1995.

— O poder da dança está no espírito, no coração. Tudo mais é técnica. O repique tem de ser perfeito, precisa-se saber levantar, cravar

o peito do pé, ir subindo em energia, em atitude. Mas o malambo é uma expressão muito mais forte do que outras danças; então, além de saber a técnica, é preciso apalpar a madeira, senti-la, enterrar-se no palco. No dia em que se perde isso, se perde tudo. É preciso sentir batida por batida. Como o pulsar do coração. A mensagem precisa chegar com clareza às pessoas.
— Qual é a mensagem?
— A mensagem é: "Aqui estou, venho dessa terra."

— Dei-lhe o nome de Fausto por causa do *Fausto*. Acredito que nós, crioulos, temos de continuar sendo crioulos em tudo. Não gosto nem dos Brian nem dos Jonathan. Além disso, com meu sobrenome, Cortez, não combina.

Fausto, do escritor argentino do século XIX Estanislao del Campo, é o título de uma obra emblemática da literatura gauchesca e é também o nome do filho de Víctor Cortez, campeão de malambo de 1987 pela província de Córdoba e declarado *persona non grata* pela comissão organizadora do festival em consequência de um processo trabalhista que Cortez deu entrada ao perder seu trabalho como professor da escola de danças do povo.

— Os campeões têm alguns privilégios. Não pagam entrada, comem de graça. Eu tenho de pagar a entrada, tenho de pagar para comer, mas o pior é que não posso acompanhar o aspirante atrás do palco. É como ter um filho protegido todo o ano e tirar-lhe a mãe no último momento. Esse é o momento mais importante. Quando estamos calçando as botas, quando vamos nos vestir de gaúcho, quando sentimos que o malambo está crescendo dentro de nós.

Agora, Víctor Cortez trabalha como soldador numa empresa que fabrica ônibus e diz que, de vez em quando, seus companheiros de trabalho descobrem algum artigo que fala sobre ele e que se surpreendem:

— E dizem: "Vejam quem é o velho que trabalha conosco."

Está sentado num banco da praça principal. Os bares que a rodeiam começam a ficar cheios e, sobre a grama, há grupos de rapazes e moças que tocam guitarra ou dançam. Este ano, Cortez preparou Rodrigo Heredia, de Córdoba, que se apresenta pela primeira vez na categoria maior.

— É uma pessoa bonita. Saudável, asseada. Artistas podem ser feitos, boas pessoas, não. Quando vim para Laborde, acreditava que era o melhor de todos. Se colocavam Deus na minha frente, eu dizia: "Eu sou melhor do que Deus." E, bem, de alguma maneira temos de trabalhar com eles para isso. Que não percam a humildade, mas que ali em cima possam dizer: "Sou o melhor."

— E se perdem?

— É doloroso. Mas a vida continua.

O desgaste começa depois de dois minutos. Alguém com um nível de preparação *standard* poderia dançar, sem maiores problemas, um malambo que durasse isso. Porém, depois de dois minutos, o corpo só se sustenta à força de treinamento e graças ao bombeamento das endorfinas que tentam aniquilar o pânico produzido pelo sufoco, a contração dos músculos, a dor das articulações, o olhar expectante de seis mil pessoas e o escrutínio de um júri que registra até a última respiração. Talvez por isso, quando descem do palco, todos pareçam ter passado por algo inominável, por um transe atroz.

Se durante o dia a temperatura pode superar os 40 graus, à noite, ela baixa inexoravelmente. Hoje, sexta-feira, 14, meia-noite e meia, deve estar em 13 graus, mas atrás do palco é carnaval. Há corpos que se vestem e se despem, suor, música, corridas. O aspirante pela província de La Rioja, Darío Flores, desce do palco como costumam descer todos: cego de fervor, crucificado, com o olhar perdido e as mãos na cintura, lutando para recuperar o ar. Alguém o abraça, e ele, como quem sai de um transe, diz: "Obrigado, obrigado." Estou olhando isso e acho que começo a me habituar a ver a mesma tensão exasperante quando estão nos camarins, a mesma explosão ardente quando sobem, a mesma agonia e o exato êxtase quando lhes cabe descer. Então, ouço no palco o dedilhar de uma guitarra. Há algo nesse dedilhar — algo como a tensão de um animal a ponto de saltar que se arrasta rente ao chão — que me chama a atenção. Então, dou a volta e corro, agachada, para me sentar atrás da mesa do júri.

Essa é a primeira vez que vejo Rodolfo González Alcántara.

E o que vejo me deixa muda.

Por quê, se ele era igual a muitos? Usava um paletó curto, um colete cinza, uma galera, um chiripá vermelho e um laço preto como gravata. Por quê, se eu não era capaz de distinguir entre um dançarino muito bom e um medíocre? Mas ali estava ele — Rodolfo González Alcántara, 28 anos, aspirante de La Pampa, altíssimo — e ali estava eu, sentada na grama, muda. Quando acabou de dançar, a voz opaca, impávida, da mulher, pronunciou:

— Tempo empregado: quatro minutos e cinquenta e dois segundos.

E esse foi o momento exato em que esta história começou a ser definitivamente outra coisa. Uma história difícil, a história de um homem comum.

Nessa noite de sexta-feira, Rodolfo González Alcántara chegou até o centro do palco como um vento mau ou como um puma, como um cervo ou como um ladrão de almas, e ficou plantado ali por dois ou três compassos, com o cenho franzido e olhando alguma coisa que ninguém podia ver. O primeiro movimento das pernas fez com que o cribo se agitasse como uma criatura mole dentro d'água. Depois, durante quatro minutos e cinquenta e dois segundos, fez a noite ranger sob seu punho.

    Ele era o campo, era a terra seca, era o horizonte tenso dos pampas, era o cheiro dos cavalos, era o som do céu de verão, era o zumbido da solidão, era a fúria, era a enfermidade e era a guerra, era o contrário da paz. Era a faca e era o talho. Era o canibal. Era uma condenação. Ao terminar, bateu na madeira com a força de um monstro e ficou ali, olhando através das camadas de ar folhado da noite, coberto de estrelas, puro fulgor. E, sorrindo de lado, como um príncipe, como um rufião ou como um diabo — tocou a aba do chapéu. E se foi.

    E assim foi.

    Não sei se o aplaudiram. Não me lembro.

    O que fiz depois? Só sei que escrevi estas anotações. Corri para trás do palco, mas, embora eu tenha tentado encontrá-lo no tumulto — um homem enorme, coberto por um chapéu e com um poncho vermelho amarrado na cintura, não era tão difícil assim —, não estava ali. Então, diante da porta aberta de um dos camarins, vi um homem muito baixo, de não mais que um metro e cinquenta, sem paletó, sem colete, sem galera. E o reconheci porque ofegava. Estava sozinho. Me aproximei. Perguntei-lhe de onde era.

— De Santa Rosa, La Pampa — disse-me com aquela voz que depois eu escutaria tantas vezes e aquele modo de afogar as frases no final, como quem diminui um pouco a própria importância. — Mas moro em Buenos Aires. Sou professor de dança.

Ele tremia — as mãos e as pernas tremiam, tremiam os dedos quando os passava pela barba que apenas cobria o queixo — e eu perguntei o seu nome.

— Rodolfo. Rodolfo González Alcántara.

Nesse momento, de acordo com as minhas anotações, o locutor dizia alguma coisa que soava assim: "Moinhos Marín, farinha que combate o colesterol." Não escrevi mais nada essa noite. Eram duas da madrugada.

É sábado, e sigo os passos de Fernando Castro e de Sebastián Sayago. Fernando Castro é o preparador de Rodolfo González Alcántara, e o homem que o acompanha tocando a guitarra. Ganhou o título de campeão em 2009, com 21 anos, e é, além disso, irmão de Sebastián Sayago, três anos mais velho do que ele e aspirante pela província de Santiago del Estero, a que tem mais campeões. Existe, entre esses três homens, uma triangulação estranha. Sebastián Sayago é irmão de Fernando Castro, que, por sua vez, é preparador e acompanhante musical de Rodolfo, que, por sua vez, é concorrente de Sebastián Sayago. E, embora se conhecessem desde sempre, Fernando Castro só veio a saber aos 19 anos que Sebastián Sayago era seu irmão.

Sebastián Sayago é alto e magro. Tem a pele, os olhos, os cabelos e a barba muito escuros, e está sentado no pátio da casa que aluga e que compartilha com mais sete pessoas. Mora em Santiago, a capital de sua província, com a mãe e a irmã, Milena, de 10 anos. Dança desde os quatro, tem 26 anos, e há cinco viaja pelo mundo, contratado por cruzeiros de luxo nos quais trabalha fazendo apresentações de malambo. Em Laborde, dorme junto de um companheiro, na mesma cama, porque não há mais espaço.

— As pessoas me dizem: "Mas para que você vai sapatear em Laborde se pode ganhar dinheiro no mundo?" Não entendem o que significa para mim. O palco de Laborde é único. Estar em pé nas tábuas onde todas essas almas passaram, esses campeões. Antes de subir, peço licença a essas almas para poder sapatear.

Essa é a terceira vez que se apresenta na categoria de malambo maior — apresentou-se em 2006 e 2010 —, mas nunca chegou à final.

— Agora cancelei muitos contratos com os cruzeiros para ficar em Santiago e poder treinar. É um sacrifício, porque ajudo a minha mãe e a minha irmãzinha, que é como minha filhinha, ela é a luz dos meus olhos, mas preciso fazer isso. Me levanto às seis, saio para correr, sapateio. E é preciso treinar a atitude, a postura, o olhar agressivo, mostrar cara de gaúcho. A gente passa horas se olhando no espelho, procurando encontrar um rosto mais temperamental. Eu procuro mostrar que vou marcar o território, defender alguma coisa. E, quando subo, trato de me sentir iluminado. Como se a cada mudança eu quisesse que as pessoas ficassem arrepiadas. Geralmente se começa com um ritmo lento, e depois se colocam as coisas mais difíceis e o ritmo é aumentado, para demonstrar habilidade, justeza, força, para terminar com resistência. Quando se vai muito rápido, o coração é entregue ao malambo, porque os músculos já estão cansados e, então, é alma e vida, dá-se tudo o que se tem.

Sebastián tem os pés finos e morenos, e anda descalço porque, quando dançou o estilo do Norte, ficou cheio de bolhas, que estouraram quando dançou o estilo do Sul.

— Deixei todo o palco regado de sangue, mas, como estamos na madeira, não sentimos dor. Nos agigantamos. Somos um gigante no meio do nada.

Seu pai foi embora de casa quando sua mãe estava grávida — dele — e Sebastián só foi conhecê-lo aos 10 anos, quando o homem tinha outra família, com três filhos, entre os quais o mais velho, Fernando Castro.

— Fernando e eu nos conhecemos no ambiente do folclore, em Santiago, porque nós dois decidimos sapatear. Eu sabia que ele era meu irmão, todo mundo sabia. O único que não sabia era ele. Um dia, alguém lhe disse: "Dê lembranças ao seu irmão." E ele retrucou: "Que irmão?" "Sebastián." Então, ele veio e me perguntou.

— E o que você respondeu?

— Coloquei a mão no ombro dele e disse: "Sim, Fer, sente-se, vamos conversar."

— Como ele reagiu?

— Bem, muito bem. Somos muito amigos do Fer.

Fernando Castro, no ano que ganhou, venceu Sebastián Sayago durante a classificação prévia, de modo que, em 2009, embora tivesse se preparado muito, Sayago não pôde participar do festival.

— Fiquei sabendo que o Fer tinha sido campeão num navio, na Austrália. Estava no camarote, com catorze horas de diferença, olhando tudo no computador, e chorava sozinho.

— Você sentiu inveja?

— Nãooooo. Senti alegria. Orgulho. Lamentei não poder estar ali. Se alguém de Santiago ganha, para mim já é o máximo. E se é o meu irmão, melhor ainda.

— E se você ganhar, que fará com o seu troféu?

— Vou dar de presente para o meu avô.

❖

Fernando Castro está na sala da imprensa; usa jeans, camiseta vermelha, por onde sai, ao que parece, um rosário, os cabelos compridos recém-lavados, amarrados em um coque.

— Precisamos cuidar da aparência. Fui campeão em 2009, então preciso andar bem-vestido e não dar mau exemplo. A gente sempre é mais observado por ser campeão.

Dança desde os 10 anos e agora mora em Buenos Aires, onde prepara a sua licenciatura em folclore, mas tem dificuldade de se adaptar ao ritmo da cidade. Sua casa fica em San Fernando, uma zona do subúrbio, a uns quarenta quilômetros do centro da capital.

— Ir todos os dias de trem para a cidade é um sacrifício. Sempre chego tarde. Sinto falta de Santiago. Lá, tinha gaiolas com passarinhos, tinha a sesta. Em Buenos Aires, tudo é na corrida. Não gosto. Em Santiago, eu ia pescar, apanhar passarinhos. Sou muito paciente e posso ficar horas pescando.

— Em que pensa enquanto está pescando?

— Em nada. Olho a água correndo.

Ninguém conhecia Fernando Castro quando, aos 21 anos, se apresentou pela primeira vez na categoria maior de Laborde. Como aparenta cinco ou seis anos a menos e é muito baixo, todos lhe perguntavam se estava ali para competir na categoria juvenil especial, para menores de 20. Mas o seu malambo teve o efeito de um meteoro se chocando com a Terra. Seu estilo forte é o do Norte, e deixou os ossos num sapateado luminoso e valente, batido, que deslumbrou a todos e com o qual arrebatou o campeonato de Hernán Villagra, que era o vice-campeão, portanto o favorito.

— Quando me apresentei aqui, tinha de lutar contra essa cara de garoto. Era novo, ninguém dava um centavo por mim, era muito pequeno. Mas estava bem preparado.

— Quem o preparou?

• UMA HISTÓRIA SIMPLES •

— Me preparei sozinho, simplesmente. Inventei um método. Saía para correr e pensava no malambo. Corria com atitude. Tomava banho com atitude. Para entrar no personagem, via filmes de gaúchos. *Juan Moreira*, o *Martín Fierro*, como era o gaúcho, por que sofria, como era a atitude ao caminhar. Porque queria transmitir a ideia de um homem, de um gaúcho, com essa cara de garoto e sem barba. Só agora apareceu essa barba, com três pelos. Mas, quando sapateei, a plateia ficou de pé e começou a me aplaudir, e desci muito contente. E depois disseram que eu era o campeão. E começaram as entrevistas, a televisão, o rádio; e eu era calado, tímido. Nunca me ensinaram a falar. Tive de aprender. E no ano seguinte, no dia em que entreguei o troféu, vieram todas as emoções juntas.

— O que sentiu?

— Que algo estava terminando. Agora já não posso sapatear. Porque aqui não deixam. Senão, me apresentaria em toda parte. Mas é como um pacto para defender o título. Se você chega a perder em outro lugar, é como rebaixar o festival. Mas eu gosto que meus alunos sejam meus olhos, minha alma, meus pés no palco.

— Incomoda que o festival seja tão pouco conhecido?

— Não, não. Não há muitos festivais assim, que mantenham sua tradição, que não sejam sensacionalistas, que não busquem os aplausos, que não tenham guitarra elétrica.

Fernando Castro foi skatista, praticou judô, caratê, gosta de ouvir e ouve, além do folclore, punk — gosta de um grupo nacional: Flema —, rock — gosta de El Outro Yo, Dos Minutos, Andrés Calamaro —, e diz que seus amigos sempre entenderam que esse gosto fosse compatível com a total abstinência.

— Só nos últimos dois anos que comecei a experimentar um pouco de álcool. Mas nunca me embriaguei. Venho representar a minha província, e não posso deixá-la mal.

Seus pais nunca o viram dançar em Laborde porque nunca puderam pagar a viagem até aqui, de modo que, no ano em que Fernando foi campeão, chegou à cidade acompanhado por seu tio, Enrique Castro, que estava recém-operado de câncer e tinha um dreno.

— Ele me transmitia fé, me dizia para ler a Bíblia, para rezar. Ele não entende nada de malambo. Me viu sapatear aqui pela primeira vez, mas ficou muito impressionado. Eu subo no palco e me sinto um King Kong, todos pequenininhos e eu, gigante. E tento buscar essa calma, que por dentro tudo fique lento e por fora eu seja mais rápido que todos. Para mim, o malambo é como uma história. Meu malambo tem 23 mudanças, e cada mudança tem um sentimento. A primeira é a carta de apresentação. Nela se percebe se você é hábil, se tem pegada, qualidade, presença. E depois é como se você fosse contando a sua história: por isso sofri e por isso passei.

— Passou por tantas coisas assim?

— Eu sou de uma família muito humilde. Fiz de tudo para poder ter um pouco de dinheiro. Na minha casa, o único que trabalha é o meu velho, que dirige um ônibus em Santiago, e somos três irmãos. Bem, quatro, tenho um irmão, Sebastián Sayago, que é filho do meu pai. Nos conhecíamos do ambiente, porque nós dois dançamos, mas eu não sabia que ele era meu irmão, e um dia um professor me disse: "Dê lembranças ao seu irmão." E eu perguntei: "Que irmão?" E ele respondeu: "O Sebas." E fui perguntar a Sebastián, e ele já sabia. Me senti orgulhoso de ter um irmão mais velho e que fazia o mesmo que eu. Que nós dois pudéssemos representar a província, o meu país.

— Não ficou zangado com o seu pai?

— Não, não, na verdade, não. Só me perguntei por que não me contara. Mas não toquei no assunto com ele. Nunca lhe disse que sabia, mas depois ele se deu conta, sozinho. Meus irmãos menores não sabem que Sebas é meu irmão. Mas não sei se tenho o dever de lhes dizer. Acho que não. Acho que o correto é que o meu velho conte para eles, não acha?

Eles têm 21, 22, 23 anos. Aspiram a ter no palco, mas também debaixo, os atributos que supõem sejam os atributos gaúchos — austeridade, coragem, altivez, sinceridade, franqueza — e ser rudes e fortes para enfrentar os golpes. Que sempre são, como já foram, muitos.

No sábado, à noite, dentro do camarim número 5, cujas paredes não chegam até o teto, está o aspirante Mendoza. A porta permanece fechada, mas o dedilhar da guitarra brota como uma matéria sólida, um muro de adrenalina e de presságios. Quando chega a sua vez, o aspirante caminha até o palco com o cenho franzido, sem olhar para ninguém. E o que vejo no seu rosto é o que vejo, a cada noite, no rosto de todos: a certeza da mais absoluta solidão, o alívio e o medo de saber que, finalmente, chegou a sua hora.

Um aspirante de malambo maior, preparando-se para dançar o malambo do Norte, parece um touro dispondo-se a investir. Esta noite, às quatro da manhã, um homem entra no palco como se quisesse declarar guerra ao universo, planta-se no centro e espera alguns segundos, com as pernas abertas, as asas do lenço banhando-lhe o peito de inocência enganosa. As primeiras mudanças — com as botas que, como todas, têm pregos nos saltos para que soem melhor —, são quase serenas. As bombachas se agitam devagar, como medusas lentas, e o homem, com o queixo levantado, dobra os tornozelos, arrasta as plantas dos pés, equilibra-se sobre seus saltos, dá lategadas, enquanto o torso empertigado acompanha os movimentos com naturalidade, como se todo ele fosse uma coluna feita de carne e de marfim. Depois de um minuto e meio, cada vez que gira, uma pequena coroa de suor se forma em torno da sua cabeça. Aos três minutos, o malambo é uma parede de sons, uma mistura de botas, bumbo e guitarra que sobe em velocidade numa frequência que asfixia. Aos quatro minutos, os pés investem no assoalho com sanha feroz; a guitarra, o bumbo e as botas são uma só massa de golpes e, aos quatro minutos e cinquenta, o homem abaixa a cabeça, levanta uma perna e, com força descomunal, a descarrega contra a madeira, o coração inchado como um monstro, a expressão lúcida e frenética de quem acaba de receber uma revelação. Depois de alguns segundos de imobilidade tétrica, durante os quais o povo aplaude e grita, o homem, como quem descarrega o revólver sobre um defunto, retrocede com um sapateado curto e furioso, e tudo nele parece gritar *sou feito disso: sou capaz de qualquer coisa!*

É domingo e são onze horas da manhã. Hoje serão conhecidos os nomes dos que passaram para a final, e o povo inteiro respira nessa mistura de resignação e ansiedade com que se resolvem as esperas.

Hugo "Cachete" Moreyra, campeão de 2004 por Santa Fé, está no prédio, sentado sob o galpão que cobre a zona da parrilla,* protegendo-se de uma chuva fraca. Tem 31 anos e diz que agora, como todos os campeões, está gordo.

— Quando a gente para de treinar, o peso logo aumenta. Nota-se a barriga nos campeões dos anos anteriores. É preciso ter muita vontade para dizer: "Chego a Laborde, ganho o campeonato e continuo treinando por mais três anos."

---

* Grelha, na região dos Pampas. (N.T.)

• UMA HISTÓRIA SIMPLES • 45

Moreyra não é gordo, mas, se compararmos a sua aparência atual com a do homem magérrimo que ganhou o campeonato anos atrás, percebe-se que algumas coisas mudaram. A mais notória é o volume do ventre, que, em 2004, não estava ali.

— Quando ganhei, senti que tirava um peso de cima de mim. Eu me apresentei quatro anos como aspirante. Tinha chegado a vice-campeão em 2003, e disse: "Se eu não ganhar, não vou me apresentar mais." Já era muito penoso ensaiar.

É filho de uma dona de casa e de um operário metalúrgico, e dança desde os quatro anos, quando ocupou, para que não se perdesse, uma vaga no balé municipal destinada à sua irmã, que, naquele momento, estava doente. Ganhou o campeonato de Laborde com apenas cinco meses de treinamento, porque, entre abril e agosto, uma distensão e uma torção no tornozelo mantiveram-no entre o gesso e a fisioterapia.

— Mas ninguém sabe que isso me aconteceu, eu não contei. Se a gente conta, já começam a botar para baixo: "Ih! Coitado, como é que vai dançar, com certeza vai ser muito mais difícil." E você fica em desvantagem: não é o mesmo competir com alguém que acaba de sair de uma lesão do que com alguém que esteve treinando durante todo o ano. Mas ganhei. Claro que ganhar em Laborde corta as pernas da gente. Pode-se continuar competindo em outros certames, em malambo combinado, em casal de dançarinos, mas não como solista. Viemos para ganhar, sabendo que vamos perder. E, além disso, conhecemos Laborde, sabemos o que vamos fazer. Lá fora, ninguém sabe o que é.

— Gostaria que o festival fosse mais conhecido?

— Não, não mesmo. Nós, que estamos na dança, sabemos que isso é o máximo, e já basta. Você pode ser licenciado em folclore, doutor no que quiser, mas se é campeão de Laborde, isso fica em primeiro lugar.

Toca o seu telefone, e Moreyra atende. Quando desliga, diz:

— Já saíram os nomes.

Os que competirão na final são o vice-campeão de 2010 (Gonzalo, "el Pony" Molina), o aspirante de Tucumán, o aspirante de Buenos Aires e Rodolfo González Alcántara, que, como o vice-campeão, representa a província de La Pampa.

Rodrigo Heredia tem 23 anos, barba, os cabelos amarrados na nuca, muito empertigado, e se hospeda junto com várias delegações num edifício que já foi um hospital geriátrico. Não tem ido à "peña" — um lugar onde começa um baile assim que termina o festival e que vai até as onze da manhã —, não ingeriu álcool, não se deitou tarde. Durante seus dias em Laborde, levou o mesmo ritmo de vida monacal que leva o resto do ano.

— A gente tem de se cuidar muito. A mais mínima coisa que façamos, ficam sabendo e você se dá mal.

Os aspirantes ao certame de malambo maior — e os campeões dos anos anteriores — se apegam a um código de conduta que obedece ao velho lema, que manda que não só é importante ser, mas também parecer. Assim, qualquer aspirante — ou qualquer campeão — a respeito de quem circulem rumores relacionados com bebida, farra ou, inclusive, hábitos descuidados no vestir ou na higiene, terá uma mancha permanente em seu prestígio.

Agora é domingo, meio da tarde, e, vestido com jeans e camiseta amarela, em pé no corredor sombrio do hospital geriátrico, Rodrigo Heredia diz que a vantagem de se hospedar ali é que é mais tranquilo e alguns quartos têm banheiro. No seu não há banheiro, mas um colchão, um armário, uma bolsa com a sua roupa já empacotada e o traje de gaúcho que, neste ano, não tornará a usar. Ao meio-dia, quando seu preparador, Víctor Cortez, soube que Rodrigo não passaria para a final, veio até aqui, procurou por ele e lhe disse: "Filho, estou grato por tudo o que você fez por mim. A má notícia é que não estamos na final." Rodrigo respondeu: "Bem, professor, eu só espero ter sido o que o senhor esperava."

— Agora tenho de juntar dinheiro para o ano que vem — diz Rodrigo.

Eles têm 21, 22, 23 anos. Aspiram a ter no palco, mas também debaixo, os atributos que se supõem atributos gaúchos — austeridade, coragem, altivez, sinceridade, franqueza — e ser rudes e fortes para enfrentar os golpes. Que sempre são, como já foram, muitos.

Marcos Pratto mora em Unquillo, onde tem uma produtora artística, mas nasceu e foi criado em Laborde, além de ser o único campeão local.

— Eu me preparei com Víctor Cortez. Me apresentei em 2002 e fui finalista. E ganhei no ano seguinte. Fui o único aspirante de Laborde. Nunca houve outro. Mas quando eu comecei a dançar, aos 12 anos, meus companheiros riam de mim, encaravam como uma coisa de gente velha. Hoje, vemos os rapazes andando pela cidade com a guitarra pendurada, começando a sapatear nas esquinas, mas antes não era assim.

Tem 32 anos, estatura média, olhar austero, e está na sala da imprensa. Agora, além de trabalhar na produtora, prepara outros aspirantes, mas diz que já não tornaria a competir em nenhum outro certame porque se sente gordo e quer que as pessoas fiquem com a imagem do ano em que ganhou.

— Mas tudo isso de que não se pode ingerir álcool nem fumar, e que é preciso se cuidar e trabalhar o corpo, não acho que deva ser encarado como um sacrifício. É simplesmente o que se tem de fazer, se a gente quer alcançar alguma coisa. Por isso, pôr o pessoal do certame para dançar às quatro horas da madrugada é uma falta de respeito. Durante todo o ano, o cara fica ouvindo que ele tem de treinar, não pode ficar sem dormir, tem de comer bem, e, no dia da competição mais importante da sua vida, é obrigado a enfrentar uma noite infernal sem dormir. Os camarins são o terror, você está se preaquecendo para entrar no palco e passam por trás de você duzentas pessoas, há somente um banheiro para trezentas, e a comissão quer ver os campeões todos os anos no festival, mas não nos dão nada. Temos de pagar a viagem, a estadia. Mas, por outro lado, venho aqui, escuto o hino e fico todo arrepiado. Fico comovido de ver os garotos, ver os sonhos que têm. São os sete, oito dias de glória que temos. E depois, adeus, você passa de novo para o anonimato.

— E você consegue ficar sem vir alguns anos?
— Nem louco. Eu morro.

No domingo à noite, uma hora antes da sua vez de subir ao palco para dançar na final, Rodolfo González Alcántara e seu preparador, Fernando Castro, vestem-se num mezanino em cima da sala da imprensa porque não há camarins suficientes. Rodolfo tira a roupa de uma sacola marrom e calça as botas de potro, que ajusta primeiro com as tiras de couro e depois com fita adesiva, e joga água nos cabelos. Tem os dedos dos pés brancos de calos, as unhas grossas como se fossem de madeira. Quando está quase vestido — sem o paletó curto, sem o colete, sem o chapéu —, desce e, diante do espelho que cobre uma das paredes da sala, repassa algumas mudanças do seu malambo. Está com um olhar distante, como se estivesse se defendendo do fogo que o queima. Quando termina, diz:

— Vamos?
— Vamos.

Um quarteto acabou de dançar, e, na zona dos camarins, há abraços eufóricos, o rastro de algo que deu certo. Alguém indica um camarim para Rodolfo e ele abre a porta. Hernán Villagra está ali dentro, dormindo, mas acorda para cumprimentá-lo:

— Olá.
— Olá.

Depois, levanta-se e sai. Fernando Castro deixa a guitarra num lado e ajeita as pregas do chiripá de Rodolfo:

• UMA HISTÓRIA SIMPLES • 49

— Está comprido deste lado e curto deste. Tira.

Rodolfo tira o chiripá, e Fernando Castro, com paciência sereníssima, como se estivesse vestindo um filho ou um toureiro, arruma as pregas, ajusta a faixa, a gravata. Finalmente pergunta:

— Tudo bem?

Rodolfo assente, mudo.

— Vamos, aproveite, já estamos na final — diz Fernando e, como tem de subir ao palco um pouco antes, como todos os que executam o acompanhamento musical, sai e nos deixa a sós.

Rodolfo começa a mover as pernas como um tigre enjaulado e enraivecido. Abre uma mochila, tira um livro de capa azul, coloca-o sobre a bancada de cimento e, sem deixar de se mover, começa a ler. O livro é uma Bíblia e ele, com a cabeça inclinada sobre as páginas, sussurra e parece, ao mesmo tempo, submisso, invencível e tremendamente frágil. Tem o pescoço inclinado num ângulo que diz, sem dizê-lo, "estou em Tuas mãos", e os dedos entrelaçados em atitude de reza. E então, olhando as costas desse homem de quem não sei nada, que lê as palavras de seu Deus pouco antes de sair para pôr a vida em jogo, sinto, com uma certeza fulminante e incômoda, que é a circunstância de maior intimidade que já compartilhei com um ser humano. Algo nele grita desesperadamente "não me olhe", mas eu estou ali para olhar. E olho.

Depois de alguns minutos, Rodolfo fecha o livro, beija-o, volta a colocá-lo na mochila, liga seu celular e começa a soar uma canção. "Sé vos",* de um grupo de rock nacional, Almafuerte: "Vamos, tchê, por que deixar / que teus sonhos se desperdicem. / Se não és tu, triste será. / Se não és tu, será muito triste."** São duas e meia da madrugada quando, afinal, Rodolfo dança.

---

* Sê tu mesmo. (N.T.)

** *Vamos, che, por qué dejar / que tus sueños se desperdicien. / Si no sos vos, triste será. / Si no sos vos, será muy triste.* no original. (N.T.)

Desce ensopado e se enfia rápido no camarim. Tira o paletó curto, senta-se com os braços pendurados entre as pernas. Chegam Fernando Castro e uma mulher baixinha, morena, de cabelos compridos e sedosos e olhos rasgados. É Miriam Carrizo, bailarina e a companheira de Rodolfo há nove anos. Abraçam-se, falam de coisas que eu ainda não entendo sobre os ritmos e as mudanças. Depois, Rodolfo espera. E Fernando Castro espera. E Miriam Carrizo espera. E eu espero.

Às seis e meia da manhã, com o dia já claro, Hernán Villagra dança seu último malambo, se despede, chora, e o locutor anuncia, em tom épico, os resultados: Gonzalo "el Pony" Molina, da província de La Pampa, é o campeão, e o vice-campeão, da mesma província, é Rodolfo González Alcántara.

Vão se passar dois meses antes que eu o reveja em Buenos Aires.

Acho que a primeira coisa que me surpreende é a roupa. Durante os quatro dias que passei em Laborde, só vi Rodolfo González Alcántara vestido de gaúcho. Nesta manhã de fins de março, num bar de Buenos Aires, parece-me estranho vê-lo chegar de jeans — as bainhas dobradas para fora, paletó preto e mochila no ombro.

— Olá, como vai?

Rodolfo tem 28 anos, os cabelos escuros, não muito compridos, e bigode ralo. Uma barba que cobre apenas o queixo e sobe até o lábio superior numa linha delicada, o que lhe dá um ar de espadachim ou de pirata. Tem o queixo quadrado, olhos castanhos, nos quais sempre brilha uma luz risonha e que, quando dança, emprestam ao seu rosto um magnetismo insensato e suicida. A essa hora — onze da manhã — acaba de sair de um hospital, onde foi visitar um sobrinho que está internado. O bar é pequeno, com mesas velhas de fórmica, e fica num bairro perto do Centro, a poucas quadras do IUNA, o Instituto Universitário Nacional de Arte, onde se licenciou em Folclore e onde agora é chefe de trabalhos práticos na cátedra Sapateado para Espetáculos. Pergunto-lhe — embora saiba a resposta — se o que estava lendo naquela noite em Laborde, enquanto esperava o momento de ir dançar, era a Bíblia, e ele me responde que sim. Abre sua mochila preta, tira o mesmo livro de capa azul e diz que sempre o carrega.

— Abro e leio ao acaso, e às vezes é incrível, porque o que leio tem a ver justamente com esse momento da minha vida.

Agora, seus dias transcorrem entre as aulas no IUNA e em algumas escolas, e o treinamento com Fernando Castro.

— Você ficou contente de ganhar o vice-campeonato?

— Sim. Revisamos muito com Fernando tudo o que aconteceu e houve coisas que deixei passar.

— Que coisas?

— No momento da final, o colete começou a subir porque não o prendi no paletó. Me dei conta disso quando ia subir ao palco e pensei: bem, vai ficar assim mesmo. Eu confiava no malambo. Subi e disse para mim mesmo: "Isso é meu." Mas me desconcentrei, não dei tudo de mim. Freddy Vacca, que foi campeão em 1996, me dizia: "Você sobe no palco e não tem de ficar com nada. Você se esvazia, e o que está embaixo leva tudo."

O que está embaixo leva tudo. Foi isso que aconteceu comigo?

Rodolfo González Alcántara é filho biológico de María Luisa Alcántara e de um homem cujo nome ele jamais pronunciará porque, para ele, seu único pai é Rubén Carabajal, o segundo marido de sua mãe. Rodolfo se chamava Luis Rodolfo Antonio González, até que, quando fez 16 anos, foi ao registro civil de Santa Rosa e disse: "Quero tirar o sobrenome González." Como isso não era permitido, acrescentou o sobrenome de sua mãe, Alcántara, e agora se chama Luis Rodolfo Antonio Gonzáles Alcántara. Tem dois irmãos menores e quatro mais velhos, com os quais mantém um contato esporádico. Sua mãe e seu pai biológico se casaram quando tinham 14 e 16 anos: ele era filho de um casal de evangélicos radicais, que afirmavam que a primeira namorada de um homem era a mulher com quem tinha de se casar, e ele obedeceu. Muito rápido vieram os filhos. Um, dois, quatro. Quando María Luisa ficou grávida do quinto, fazia tempo que levava surras, cujas marcas ainda conserva, mas não esperava que seu marido lhe dissesse: "O que você vai fazer com esse filho que nem sequer é meu?" Então, grávida, foi embora com os quatro nascidos e o quinto por nascer. Rodolfo veio ao mundo no dia 13 de fevereiro de 1983. Pouco depois, sua avó paterna levou os seus irmãos maiores — com a desculpa de ir fazer uma visita — e nunca mais voltou. Rubén Carabajal era pedreiro e, na época, tinha 18 anos. Conhecia María Luisa por intermédio dos irmãos dela e, assim que soube que essa mulher de quem gostava tanto tinha ficado sozinha, se aproximou. Não se incomodou de começar uma relação com alguém que estava com um neném — e quatro filhos mais —, mas pouco depois foi chamado para fazer o serviço militar obrigatório. Rodolfo ainda não falava quando começou a ter pneumonias consecutivas, e tiveram de levá-lo muitas vezes ao hospital, com febre, convulsões. Para sair do sufoco, Rubén Carabajal encontrou uma desculpa perfeita: pedir licença para doar sangue. No dia que era chamado para fazer a doação, conseguia ficar um pouco mais no hospital com María Luisa e o neném, que, seguidamente, entrava em crises terminais que levavam as freiras a ungi-lo com a água do socorro (uma unção que se dá aos nenéns moribundos para não irem para o limbo). Mas o neném sobreviveu, Rubén Carabajal terminou o serviço militar, voltou a trabalhar como pedreiro, e todos se mudaram para uma peça de três por três e telhado de zinco esburacado. O banheiro ficava do lado de fora, perto de uma cisterna de onde tiravam a água. Vieram mais dois filhos: Diego e uma menina que chamam de Chiri. María Luisa, aos 27 anos, foi diagnosticada com artrite, uma doença degenerativa das articulações, e teve de parar de trabalhar. Durante longos períodos, não tinham nada para comer ou só algumas tortillas, feitas com farinha e água.

Aos 8 anos, Rodolfo González era muito baixo, muito gordo e queria dançar. Por quê? Não se sabe. Ninguém na sua família algum dia tinha dançado, mas ele começou a ter aulas de malambo com um homem chamado Daniel Echaide na época em que ia à escola, onde era um aluno impecável, embora seus pais não pudessem comprar livros para ele nem cumprir com a mais ínfima exigência: como não havia dinheiro para conseguir os elementos que eram pedidos na matéria de trabalhos manuais (em que são executados artesanatos e outros trabalhos), Rodolfo recolhia a lenha da estufa, dava-lhe polimento e talhava, durante a aula, seu nome ou escudos de futebol na madeira. Estudou malambo durante dois anos com Daniel Echaide, passou para um grupo chamado El Salitral, depois para Mamüll Mapú, um balé folclórico onde permaneceu quatro anos a partir dos 11, e participou dos festivais de Olavarría, de Santa Fe, de Córdoba, ganhando em todos. Aos 12 anos, chegou a Laborde pela primeira vez, apresentou-se na categoria menor e lhe aconteceu o que nunca tinha acontecido: ficou em segundo lugar e descobriu que, para ele, isso era o mesmo que não competir. Durante o ano de 1996, ensaiou com o Mamüll e, pelas manhãs, com Sergio Pérez, campeão desse ano pela província de La Pampa, que se ofereceu para prepará-lo sem lhe cobrar nada. Em 1997, apresentou-se na mesma categoria e ganhou. No ano 2000, foi campeão juvenil e, em 2003, vice-campeão na categoria juvenil especial.

Nesse ínterim, seus pais tinham conseguido uma casa graças a um plano do governo chamado Esforço Próprio: o Estado outorgava o terreno e o material de construção, e os beneficiários tinham de levantar a casa com as próprias mãos. Quando Rodolfo terminou o ensino médio — tendo sido, como na escola primária, premiado —, pensou que, se conseguisse entrar para o serviço penitenciário, teria um salário seguro como carcereiro. Sempre trabalhara, ajudando Rubén na construção, roubando espigas de milho, que depois vendia, mas precisava de um emprego fixo. Inteirou-se dos requisitos para o exame de admissão e começou a estudar. Um dia, uma professora lhe disse: "Tem certeza de que quer isso? Você é diferente, vejo-o mais como professor, e não numa prisão, e o que você não puder fazer quando jovem, transmitirá aos seus filhos: o fracasso, a frustração." Rodolfo estremeceu e, antes de receber os resultados do exame — embora não fosse considerado apto por causa de um problema neurológico que afinal nem tinha —, deu-se conta de que não queria fazer aquilo, de modo que, em 2001, viajou para uma cidade vizinha, Guatraché, para dar aulas de música numa escola. Pouco tempo depois, anunciaram-lhe que uma pessoa do IUNA viria supervisioná-lo. A ideia de que alguém pudesse decidir se o que fazia estava bem ou mal lhe pareceu repulsiva, e foi por isso que decidiu se mudar para Buenos Aires e começar a estudar.

Depois desse primeiro encontro no bar, eu o acompanhei até as portas do IUNA. Quando me despedi, ficou claro que a história de Rodolfo era a história de um homem no qual se agitara o mais perigoso dos sentimentos: a esperança.

Um homem comum, com pais comuns, lutando para ter uma vida melhor em circunstâncias de pobreza comum ou, em todo caso, não mais extraordinária do que a de muitas famílias pobres. Interessa-nos ler histórias de gente como Rodolfo? Gente que acredita que a família é uma coisa boa, que a bondade e Deus existem? Interessa-nos a pobreza quando não é a miséria extrema, quando não rima com violência, quando está isenta da brutalidade com que gostamos de identificá-la e de ler sobre ela?

Aos 5 anos, perguntou por que seu sobrenome era González e o de seus irmãos, Carabajal. Rubén e María Luisa lhe explicaram que o pai dele morava com seus outros quatro irmãos longe dali. Rodolfo sempre teve com esse homem uma relação distante. Há pouco tempo viajou para General Pico, uma cidade de La Pampa, para visitar seus irmãos mais velhos. Lá estava o seu pai, que o convidou para almoçar. Quando terminaram, ao retirarem os pratos, Rodolfo sentiu o impulso de abraçá-lo. Ia fazer isso quando se disse: "Não." Desde então não voltou a sentir a mesma coisa: não deixa acontecer. Não gosta.

Encontramo-nos outra vez no mesmo bar. Está um dia nublado e frio, mas Rodolfo, que acaba de visitar seu sobrinho, usa o mesmo paletó preto e por baixo apenas uma camiseta.

— Minha mãe se separou do meu pai por minha causa, não tem outra. Por isso, para mim, a verdade da minha mãe vale ouro. Ela foi tudo para mim. Mas agora que sou adulto, entendo o meu pai. Ele tinha 16 anos, era mulherengo, guitarrista. Minha mãe o amou e lhe entregou sua vida, mas o cara, quando se deu conta, tinha quatro filhos e um quinto a caminho. E deve ter dito: "Nem louco." Minha mãe tem a cabeça cheia de cicatrizes, e essas coisas são imperdoáveis, mas hoje eu acho que não sou ninguém para perdoar alguém.

— Sente raiva dele?

— Não.

Rodolfo não tem rancor. Não tem raiva. Não tem ressentimento. O sobrinho que está no hospital é filho de seu irmão mais velho e ele se preocupa como se fosse seu próprio filho. Seu avô materno morreu de gangrena por causa de um espinho que feriu seu pé, mas ele conserva a imagem de Rubén Carabajal carregando-o em um andor até a casa onde o pobre homem agonizava para que o presenteasse com um lencinho. Foi criado num casebre que ficava inundado com as chuvas, mas se lembra de que se divertia ao esconder-se debaixo da mesa e ao brincar nas poças com seus amigos. Não tinham luz elétrica, mas ri ao dizer que gostava de brincar com as velas. Não podia comprar tênis, mas conta, orgulhoso, que Rubén Carabajal costurava os velhos e emprestava os dele, mais novos, para que voltasse a destruí-los jogando futebol.

— Eu tive uma infância linda. O que mais passávamos era fome. Em todos os lugares onde vivi, na verdade, passei fome.

O ano em que resolveu se mudar para Buenos Aires e fazer a licenciatura em Folclore no IUNA foi, na Argentina, a pior das últimas décadas. Em dezembro de 2001, estourou uma crise econômica e social que deixou mortos nas ruas, aposentados esmurrando as portas dos bancos que tinham ficado com o dinheiro deles e um desemprego que alcançou a cifra de 21 por cento. Rodolfo chegou em fevereiro de 2002, com 19 anos, a uma cidade que nem seus pais, nem seus tios, nem seus amigos conheciam, onde não havia trabalho e era um paiol de pólvora.

— Eu estava em Santa Rosa, pegando a mala para ir tomar o trem, e meu pai me olhou e disse: "Filho, você tem certeza de que quer ir? Olha que aqui podemos sustentá-lo até você encontrar trabalho." E o mundo desabou em cima de mim. Mas eu lhe disse: "Não, velho, tenho de ir. Eu quero estudar." Vim morar na república de estudantes de La Pampa, e dali caminhava todos os dias até o IUNA. São uns sessenta quarteirões, porque a república fica em Constitución, e chegar de noite ali era brabo, mas eu não tinha dinheiro para o ônibus. Não conseguia trabalho. Às vezes, minha mãe me mandava alguns créditos da troca.

O Clube da Troca foi um sistema de intercâmbio sem dinheiro que prosperou nesses anos. Os participantes podiam trocar um bem por outro ou pagá-lo com créditos, uma moeda emitida pelo próprio clube que tinha validade em todo o país.

— Mas, em La Pampa, um crédito valia um peso, e aqui, quatro créditos valiam um peso. Só dava para meio quilo de açúcar. Quando

• UMA HISTÓRIA SIMPLES •

ela me mandava dinheiro, eu guardava para o pão do dia e, às vezes, comprava carne moída. É duro ver que a única coisa que se tem para comer é arroz com leite, ou polenta com leite, ou farinha com leite, e que o vizinho está comendo um bife à milanesa.

Sua primeira saída noturna foi quando um amigo lhe disse: "Vou levá-lo para conhecer Buenos Aires." Levou-o à Plaza Miserere, que é o epicentro do Once, um bairro muito popular, onde, à noite, se conjuga um bom número de marginalidades. A primeira experiência noturna de Rodolfo terminou com um policial revistando-o contra a parede.

— Nunca na vida tinham me pedido documentos, nunca eu tinha visto um policial de perto, mas, assim que nos viram, fizeram-nos parar e nos pediram os documentos. Viram os meus olhos vermelhos, porque tenho alergia a fumaça, ao pó, ao sol, e pensaram que eu estava drogado. Colocaram-nos contra a parede e começaram a nos apalpar. Encontraram o meu colírio e aí foi a confirmação: "Ah! É um drogado." Mas, quando lhes mostrei os documentos, deixaram-nos ir embora. Lembro que havia uns travestis que diziam aos tiras: "Ei, amigo, me dá um cigarro", e o tira lhe dizia: "Toma, toma." Eu não entendia nada. Pensava: "Meu Deus, onde fui me meter."

Com o tempo, Rodolfo conseguiu trabalho numa fábrica de estojos para óculos e numa construção onde os operários tinham ordem de se esconder quando chegavam os fiscais, para ocultar que a empresa não lhes dava nem a roupa nem a proteção regulamentares. Um dia, um amigo lhe disse que queria apresentar-lhe um grande sapateador e o levou a um balé folclórico, La Rebelión. Rodolfo foi, e o amigo o apresentou a um careca cheio de tatuagens, com borzeguins, calça larga e rasgada, que era o diretor. Rodolfo se perguntou: "Esse é o grande sapateador?" O homem, Carlos Medina, era mesmo o sapateador, que se transformou num bom amigo. Começou a ir a esse balé, onde fazia par para dançar com uma moça, baixinha como ele, mais velha do que ele cinco anos e que se chamava Miriam Carrizo. Gostou dela de imediato, mas ela se negou a namorá-lo durante oito meses. No fim de tanta insistência, começaram a sair. Ela deixou a pensão de moças onde se hospedava, e ele, a república de estudantes, e foram morar juntos numa casa em Pablo Podestá, na região metropolitana de Buenos Aires.

— Outro dia, sentado em casa, olhando para o móvel da sala, pensei: "Lembro-me de quando o compramos, e quando compramos o aparelho de som." Cada coisa era um esforço enorme. Comprávamos uma coisa e não sabíamos se íamos ter dinheiro para comer. Um dia, em pleno verão, eu disse a ela: "Negra, vamos comprar um ventilador pequenininho." Terminamos comprando um ventilador turbo impressionante. Quando chegamos em casa, ela me disse: "Rodo, sobrou algum dinheiro para comer?" E eu respondi: "Não, e você?" "Não." Então, quase morremos de rir. Às vezes, não tínhamos dinheiro nem para tomar o metrô. Eu tenho uns sapatos com a sola lisa. Fazia Miriam pagar a passagem dela e corria e escorregava com os sapatos por baixo dos exaustores do metrô. Certa vez, tínhamos cinquenta centavos cada um, a quantia exata para tomar o ônibus até em casa. Mas, para chegar ao ônibus, tínhamos de tomar o metrô. E se pagássemos o metrô, não sobraria nada para o ônibus. Como era o último metrô da noite, subimos sem pagar. Já estávamos chegando na estação quando apareceu o guarda. "Bilhetes, rapazes." Demos-lhe o que tínhamos e tivemos de caminhar trinta quarteirões até em casa, à uma da manhã. Mas isso não é doloroso. Doloroso é quando não se tem dinheiro para comer. Chegar em casa com a Negra e saber que não temos nada, e ver o outro chorando de fome. Isso é que dói.

Quando se formou, Rodolfo começou a trabalhar como professor no IUNA. Conseguiu alguns alunos particulares e dar aula em uma escola primária da região metropolitana. Isso lhe proporcionou alguma estabilidade — mas não muita.

Gosta de ler, mas só teve dinheiro para comprar livros há poucos anos e, então, comprou as obras completas de Shakespeare, a *Ilíada*

• UMA HISTÓRIA SIMPLES •

(graças à qual ficou sabendo sobre o tendão de Aquiles), a *Odisseia* e *Édipo Rei* (e descobriu tudo o que precisava saber sobre o complexo de Édipo, e concluiu que nunca tinha tido). Não tem internet na sua casa, e não está habituado a enviar e-mails, mas suas mensagens de texto têm muita correção sintática. Uma, do mês de junho de 2011, diz: "Olá, Leila, poderia me mandar o seu endereço de e-mail? Preciso consultá-la sobre algo." Outra, do mês de julho: "Olá, Leila, não nos vimos no sábado passado e fiquei preocupado com você. Espero que esteja tudo bem." Sempre está disposto a encontrar um ensinamento nas coisas que lhe dizem. Um dia me contou que o convidaram a dar aulas numa cidade distante. Quando lhe perguntei se fizera a viagem de avião ou de ônibus, me respondeu que havia sido de ônibus. Então, eu disse que, talvez, sendo vice-campeão, poderia impor algumas condições. Meses depois, estávamos falando por telefone e ele me contou que tomara uma decisão a respeito de um determinado trabalho porque "como você me disse, agora posso impor algumas condições". É atento e grato. Conserva o poema que foi escrito para ele pelo diretor de cultura de Guatraché quando o viu sapatear pela primeira vez, e ainda se emociona. Fica triste de ver que, nas cidades grandes, os adultos trabalham tanto que só veem os filhos quando já estão dormindo. Reza antes de dormir, vai à missa, diz, com sentimento, "graças a Deus" — "Meus pais estão bem, graças a Deus", "Tenho muito trabalho, graças a Deus" —, mas discute com veemência a visão dogmática da Igreja e evita participar de cerimônias religiosas celebradas por padres que "ainda acreditam que Deus vai nos castigar se não formos à missa". Não pôde fazer o passeio de formados com seus companheiros porque não tinha dinheiro, mas agradece que a dança lhe tenha dado a oportunidade de ir a lugares como Bariloche, que, por seus próprios meios, jamais teria conhecido. Quando conta uma história, o faz como os bons narradores: toma tempo, sabe gerar suspense e imita à perfeição os protagonistas, como ao amigo que caiu numa vala numa caçada de peludos — uma espécie de tatu — em La Pampa. É obstinado e insubornável. Certa vez, ligou para uma fábrica de botas onde sempre comprava as suas e disse que precisava de um par para uma determinada data. Responderam que só as teriam prontas para o dia 15 de dezembro. Como precisava delas antes, perguntou se poderiam aprontá-las como um favor. Disseram-lhe que não. Então, comprou-as em outro lugar. Duas semanas mais tarde, ligaram da fábrica para avisar que um malambista não tinha ido buscar as botas e que, se quisesse, estavam disponíveis para ele. Rodolfo pensou que poderia tentar vender, primeiro, as que acabara de comprar. Mas imediatamente depois pensou que, se ele lhes havia pedido um favor quando precisava e não tinham sido capazes de fazê-lo, agora não deveria comprar as botas. Assim, disse que não, que agradeceria, e se acostumou às botas novas (o que lhe custou muito, porque tinham a ponta quadrada e ele sempre dançava com botas de ponta redonda). Quando fala com alguém mais jovem do que ele, ou com alguém por quem sente muito carinho, diz "Pa", "Papi" ou "Papito", e trata de senhor a qualquer um que seja uns dez anos mais velho do que ele, a não ser que o conheça há muito tempo. Em 2009, passou alguns dias em Santa Rosa. Um vizinho lhe ofereceu trabalho no campo, e ele, que não tinha um centavo, aceitou. O trabalho consistia em apanhar o trigo que caía pelos lados da máquina colhedora e tornar a jogá-lo pela boca de uma mangueira para evitar o desperdício. Foram dois dias de dez horas caminhando debaixo de um sol infernal ao lado de um velho curtido — o tio Ramón — que nunca se queixou e ao que ele, por orgulho, se obrigou a imitar. Embora garanta que foi o pior trabalho da sua vida, conta isso como um acontecimento divertido. Acredita que os políticos, de esquerda e de direita, não estão interessados nos pobres e que "como muitos, às vezes nos dão o que estamos precisando, mas não nos ensinam a conseguir o que necessitamos, então sempre nos têm presos a eles". Leu uma boa parte dos livros de Che Guevara e diz que, embora não seja militante de nenhum partido, fica comovido com "esse doutor asmático que teve a coragem de fazer o que fez".

Em 2011, uma jornada média na vida de Rodolfo era assim: levantava-se às seis da manhã, tomava o café e viajava uma hora e meia até a localidade de San Fernando, onde morava o seu preparador, Fernando Castro, e treinava durante duas horas. Nas terças e quintas-feiras, ia dali a uma escola de Laferrere, onde era professor de música para crianças do primeiro ao terceiro grau, e em seguida, viajava até González Catán, onde dava aulas das seis às nove da noite num balé folclórico. O regresso para casa lhe tomava duas horas e meia, e às sextas-feiras dava aulas no IUNA até as quatro da tarde e, depois, num balé em Benavídez, uma localidade da província, até as nove da noite. Nos domingos e segundas, ensinava em grupos de dança folclórica em Merlo e Dorrego. San Fernando, Laferrere, González Catán, Merlo, Dorrego, Benavídez: todos esses lugares ficam longe da sua casa e, por sua vez, distantes entre si, espalhados numa aglomeração urbana cujos decibéis de hostilidade são legendários: a região metropolitana de Buenos Aires, onde vivem 22 milhões de pessoas, talvez mais.

— Da casa de Fernando, tomo o 21 em Liniers e de lá o 218 até Laferrere, para ir à escolinha. Quando termino na escolinha, tomo o 218, em González Catán, onde fica o balé. Para voltar para casa, tomo o 218 em Liniers e, depois, o 237. Mas se estou bem de dinheiro, vou até a rotunda de San Justo, pego a Costeira, desço em Márquez y Perón e dali tomo o 169 para casa. Outro dia, em Benavídez, acabei muito tarde, por volta das dez, e a essa hora é perigoso sair do bairro, então fiquei, dormi na casa do pessoal para quem dou aula. Às vezes, meus companheiros docentes me dizem: "Para que vai ensinar esses garotos, se saem da escola e vão se drogar?" E eu lhes digo que pode ser que um garoto que sai da minha aula se torne músico. Por que não?

É junho, pleno inverno. São dez da manhã e, na sua casa de Pablo Podestá, Rodolfo prepara mate. Colocou torradas, doce de leite e manteiga sobre uma bandeja na mesa da sala. A casa, que é dos pais de Miriam — um aposentado da empresa petroleira YPF e sua mulher, costureira, que moram em Caleta Olivia, uma pequena cidade da Patagônia —, tem um jardim com árvores frutíferas, dois quartos, banheiro, tudo recentemente pintado.

— Nós a pintamos com a Negra. Senão, custaria uma fortuna.

Na cozinha, há uma imagem de Jesus: "Jesus, confio em ti." Na sala, um porta-retratos onde se vê uma foto de ambos, e a legenda impressa: "Por uma vida eterna juntos."

— Antes se via uma betoneira aí atrás. Mas fui a uma loja de fotografia, o cara apagou a máquina e pintou uma colcha azul. Ficou linda.

— O bairro é tranquilo?

— Sim, acontecem coisas, mas é tranquilo, graças a Deus.

No ano em que se mudaram para lá, viram como uma moto dobrava uma esquina a toda velocidade e o homem que a pilotava matava com três tiros o seu vizinho da frente, que estava na calçada. Miriam e Rodolfo só atinaram a apagar a luz e ficar calados quando a moto já fugia.

— A senhora gritava: "Mataram o meu marido! Mataram o meu marido!" Mas a Negra e eu estamos sozinhos aqui, não temos ninguém. Então, ficamos quietinhos.

Rodolfo liga o seu computador e procura alguns vídeos que preparou para me ensinar a distinguir erros e movimentos excelsos em rotinas de malambistas.

— O malambo tem partes lentas, médias, rápidas. Começa lento e vai acelerando. À medida que acelera, cortam-se as possibilidades de exibir movimentos, mas você pode, sim, mostrar mais qualidade. Da parte lenta à média, é preciso mostrar uma mudança de atitude, e, na última parte, fechar os olhos, dizer "Deus me ajude" e começar a mover as pernas. Olha, veja os ombros desse garoto. Vê como ele os levanta? É preciso evitar isso. O ombro não tem de se levantar. Agora o público começou a gritar e a aplaudir, e se nota na cara dele: começou a sorrir. A ideia é não deixar que a plateia levante você, pois é você que deve levantar a plateia. E vê essa respiração, esse arquejar? Isso você tem de evitar. Quando chega à última batida do malambo, você afunda no assoalho, para se firmar bem, o torso para cima, sempre respirando pelo nariz. Se respira pela boca, acabou, tudo se descontrolou, você se afoga e começa a se notar que você está cansado, como esse garoto. O nariz mantém você sereno, para que o outro não saiba. O outro não tem de perceber o que está acontecendo com você.

O outro não tem de perceber o que está acontecendo com você.

Um dia, a caminho do IUNA, me conta um sonho que, diz ele, nunca vai esquecer. Descia por uma duna até a beira do mar e, já na beira, o mar começava a crescer. Ele tentava voltar para a duna, mas não podia. Pedia ajuda a alguém que estava no alto e essa pessoa lhe dizia: "Não. Você pode." Continuava tentando, até que, finalmente, pisava numa rocha firme e conseguia subir. Dali via uma cidade enorme. Pulava uma cerca de arame e chegava na cidade. Acredita que a pessoa que estava no cume da duna era Deus.

— E é incrível. Depois fui ler a Bíblia, e lá dizia que Deus é a rocha em que todos nos apoiamos.

Rodolfo caminha rápido e permanece calado, como se estivesse tenso ou pensando em coisas que tem de fazer. De repente, diz:

— Para mim, o que mais me custa é subir no palco e dizer: "Isso é meu."

— Por quê?

— Porque é imenso. E eu tenho medo da imensidão. Tenho pânico do que não tem fim. No ano passado, pude olhar para o mar. Parar diante do mar, olhar a imensidão e não sentir medo.

Ele acha graça de coisas que outros poderiam achar ingênuas: conta que Gonzalo Molina, o Pony, de quem ficou amigo, escreveu no Facebook: "Tenho uma notícia para lhes dar: vou ser papai." No dia seguinte, depois de receber dezenas de felicitações, o Pony escreveu: "Minha cadela está prenha." Rodolfo acha essa história engraçadíssima. De minha parte, devo parecer imbecil. Faço-lhe novamente a mesma pergunta: por que tanto empenho em ganhar um festival que dá uma popularidade tão limitada e que, além disso, significa o fim da sua carreira? Quero dizer-lhe, sem dizer, que uma fama para umas mil pessoas parece uma coisa pela qual não vale a pena deixar tudo para trás. Com paciência, ele me explica, de novo, o mesmo:

— Ser campeão em Laborde tem valor para um círculo muito pequeno de pessoas, mas para nós significa a glória. No ano em que somos campeões, pedem-nos fotos, entrevistas, autógrafos. E depende de nós aproveitar a oportunidade, porque depois não vamos mais usar as nossas pernas. Quando as pernas se acabarem, teremos de usar outras ferramentas. Laborde nos dá a possibilidade de sermos alguém de fato. E não o cara que ganhou para conquistar, nem para levar o mundo à frente, mas para demonstrar que, trabalhando em silêncio, com humildade, tudo é possível. Por isso, gostaria que Deus me desse a felicidade de ser maduro, de ser um homem, para chegar a Laborde bem e depois largar tudo. Laborde me conquistou desde que pus o primeiro pé no palco. E se Deus quiser que isso, que é o máximo, leve embora a nossa carreira, tudo bem. Nos dá o máximo e leva tudo embora. Mas não é que eu queira ser campeão para garantir o meu futuro financeiro ou aparecer num cartaz. Quero ser campeão porque desde os 12 anos quero ser campeão, e encerrar a minha carreira aqui seria maravilhoso.

Eu sempre digo hã-hã. Mas, no fundo, continuo me perguntando como é possível que algo tão ignoto seja capaz de fazer alguém dizer o que esse homem me diz o tempo todo: que caminha, feliz, para ser imolado.

❖

— Racatá, racatá, racatá.
É uma tarde de junho, e Rodolfo está dando uma aula no IUNA. O salão é grande, com assoalho de madeira, espelhos, um piano. Os alunos são a versão século XXI do filme *Fama*, rapazes e moças vestidos com diversos modelos de cintas, shorts, calças, malhas, polainas coloridas. Rodolfo usa jeans — as bainhas dobradas para fora —, camiseta preta, sapatilhas.
— Cuidem da interpretação do rosto — diz ele. — Se estão fazendo assim, não tem sentido que sorriam.
Quando diz "assim", pisa como quem esmaga um edifício e, embora alguns alunos tentem, o que em Rodolfo parece uma força natural, neles é ainda puro esforço, uma impostura.
— Vamos, vamos. Que foi isso o que escolheram. Para cima! Racatá, racatá, racatá.

Rodolfo é discreto. Não fala mal de seus companheiros nem de seus competidores, e se alguma vez menciona alguém pelo nome, é só para falar bem: que tal pessoa é sábia, que ninguém move os pés como o professor tal. Por isso, chama a minha atenção quando um dia, no bar, ele diz o nome do campeão de Laborde com quem se encontrou num júri e a quem pediu conselho a respeito do que corrigir na sua apresentação de 2011.
— Ele me disse: "Olha, esforce-se, mas vai ser muito difícil, pois acima de você está o vice-campeão, o Pony, que é de La Pampa, e é

o favorito para ser campeão. Você pode estar muito preparado, mas quando se encontra ao lado do palco e escuta o seu nome e é a sua vez de subir, seu cu fica cheio de perguntas." E eu lhe disse: "Ah! Bom, obrigado." Na semana seguinte, fui doar sangue para um garotinho de uma das escolinhas onde trabalho, que estava internado no hospital de crianças, no Garrahan. Vai lá e veja aqueles menininhos doentes, e aí sim o seu cu fica cheio de perguntas. Para mim, ser campeão de Laborde é um sonho enorme. Mas se não ganhar, não ganhei. Não quero ser um cara que move as pernas, mas depois não pode dizer duas palavras seguidas. Se eu não ganhar em Laborde, continuarei indo às escolinhas e ao IUNA. Mas eu sei onde o meu cu se enche de perguntas. E não é em Laborde.

Quase nunca ele diz palavras como "cu" e, quando as diz, seu rosto reflete um estado de enorme indignação e olha para baixo para esconder um olhar em que se misturam coisas que eu imagino que não quer que ninguém veja.

— Rodo é como se vê. É supertransparente.

Miriam Carrizo, a mulher de Rodolfo, fez o professorado de danças folclóricas. Embora seja cinco anos mais velha do que ele, parece muito mais moça, com a pele esticada e morena e uma voz doce, como de menina. Rodolfo a ama e a teme, porque ela é capaz de lhe dizer o que ninguém se atreve: que dançou mal, que não estava concentrado, que lhe faltou atitude.

— Rodo não se zanga nem que o céu caia em cima dele. É muito tranquilo, muito pacífico, muito diplomático. Às vezes se zanga, sim, mas lhe diz tudo de uma forma respeitosa. E, para ele, Laborde é muito importante. Eu vivi tudo com ele. Tivemos de deixar milhões de coisas de lado, nos privar de coisas para poder comprar um par de botas. Sai de casa às sete da manhã e volta à meia-noite, e fico rezando para que não aconteça nada com ele. Ou, em vez de irmos passear num domingo, eu o acompanho à cancha de corrida.

— E isso a incomoda?

— Nada. É o sonho dele e eu sei que se ganhar será o momento mais feliz da sua vida. Da nossa.

Durante o ano de 2011, Rodolfo treinou todos os dias, ensaiando até doze vezes o seu malambo, correndo uma hora e meia, pulando corda, indo ao ginásio. Cuidou da dieta. Perdeu peso. E, na primeira semana de janeiro, viajou para Laborde para tratar de ser campeão.

"O festival é de 10 a 15 (madrugada de 16). Rodolfo, como vice-campeão, participa na primeira noite em primeiro lugar (é o benefício por ser vice-campeão)", dizia o e-mail de 27 de dezembro de 2011 que me enviou Cecilia Lorenc Valcarce, assessora de imprensa do festival. De modo que, desde a terça-feira, dia 10, até o meio-dia do domingo, 15, Rodolfo teria de permanecer em Laborde, na incerteza de saber se passaria ou não para a final. E eu, claro, com ele.

— Alô, Rodolfo, é Leila.

— Olá, Leila, como vai?

— Bem, e você?

— Bem, graças a Deus. Estou no ônibus. Vou a Río Cuarto e lá tomo outro para Laborde.

— Sua família irá?

— Sim, todos irão. Meu velho, minha mãe, meu irmão Diego, a Chiri, os filhos, a irmã da minha cunhada...

— Já estão lá?

— Não, irão na semana que vem...
— E onde se hospedarão?
— Alugaram um ônibus leito para 45 pessoas. Porque não podiam pagar o camping, era muito caro, então pediram dinheiro emprestado e alugaram isso. Vão dormir lá, no ônibus.

Do outro lado da linha, a voz de Rodolfo soa como se estivesse viajando num carro com a capota arriada, radiante e triunfal.

No verão de 2012, a Argentina atravessava uma seca extrema, mas, no sul da província de Córdoba, viam-se alguns campos verdes. Ainda assim, o pó flutuava no ar e pintava tudo com uma luz irreal, fantasmagórica. Na segunda, 9 de janeiro, um dia antes do começo do festival, com uma temperatura de 45 graus, Laborde ficou sem energia elétrica a partir da uma da tarde. Quando liguei para Rodolfo, ainda de Buenos Aires, para saber como ele estava, ele me respondeu: "Com frio", e começou a rir. Hospedava-se numa casa alugada, com alguns amigos que tinham viajado para incentivá-lo.

— Você está tranquilo?
— Sim. Tranquilo, graças a Deus.

Rodolfo dançaria na terça, dia 10. Nesse dia, de tarde, eu iria de carro para Laborde. Às cinco, antes de chegar a um povoado chamado Firmat, se armou uma tempestade descomunal. Primeiro, o vento levantou uma cortina de poeira de encegueecer, e depois desabou uma chuva caudalosa. Procurei refúgio no acostamento da estrada. Estava ali quando a assessora de imprensa do festival, Cecilia Lorenc Valcarce, me enviou uma mensagem: "Onde você está? Aqui está reunida a comissão para decidir se o festival será suspenso. Muito vento. Saiu tudo voando." Uma hora mais tarde, quando já estava outra vez a caminho, chegou uma nova mensagem de Cecilia que dizia: "Malambo suspenso até amanhã."

Pensei em Rodolfo. Pensei naquele cancelamento inesperado. Perguntei-me se aquilo — num universo em que cada detalhe parece produzir um efeito devastador sobre a sensibilidade de quem compete — poderia fazer-lhe mal. Mandei-lhe uma mensagem, mas ele não respondeu. Cheguei a Monte Maíz, um povoado a vinte quilômetros de Laborde, às oito da noite. Hospedei-me ali porque em Laborde as acomodações, como sempre, estavam cheias.

É quarta-feira de manhã e sofro um forte efeito residual do pensamento que tive terça, na estrada: pergunto-me se não será perturbador para Rodolfo ter uma jornalista seguindo-lhe os passos. Se, na atmosfera controlada que cerca cada aspirante antes da competição, não serei o equivalente a uma bateria enorme e tóxica. Uma pressão. Depois de tudo, Rodolfo saberá que a sua história continuará valendo se não sair campeão? Mas sua história *continuará valendo* se não sair campeão? Às dez, eu lhe telefono e pergunto se já posso passar em sua casa para começar a trabalhar.

— Claro, negra, vem.

Ao meio-dia, apesar da tempestade de ontem, ou talvez por isso, Laborde navega numa pura luz celeste. A casa onde Rodolfo está hospedado fica na esquina das ruas Estrada e Avellaneda. Divide com um aluno seu — Álvaro Melián —, Carlos Medina e alguns amigos que integram o balé La Rebelión — Luis, Jonathan, Noelia, Priscilla, Diana — e que foram até lá para animá-lo. Espera a chegada, dentro de uns dois dias, de Javier, Graciela e Chiara — o irmão, a cunhada e a sobrinha de Miriam —, e de Tonchi, um amigo de infância. Miriam, que dança na abertura do festival, não pode ficar ali por questões burocráticas do seguro contratado pelo balé do qual faz parte. Os pais de Rodolfo, seus irmãos Diego e Chiri, seus sobrinhos, a irmã de sua cunhada, seus filhos e seu marido estão abrigados no ônibus que alugaram, estacionado fora do camping. A casa é grande. Tem cozinha, dois quartos, uma sala, um banheiro e um pátio atrás. Por toda parte há rastros da gente que mora ali: enfeites, malas, roupas nos armários. Rodolfo e Fernando Castro tiram a terra que o vento acumulou sobre a mesa do pátio.

— Sente-se, negra, vamos tomar um mate. Nós acabamos de chegar.

Rodolfo acaba de voltar da missa e está usando uma camiseta que diz: "Não mais violência/ É uma mensagem de Deus." Este ano, durante o malambo, será acompanhado por Fernando Castro, na guitarra, e pelo Pony, no bumbo, de modo que subirá ao palco escoltado por sangue de campeão. Usará o mesmo traje azul do ano anterior para dançar o malambo do Norte, mas trocou toda a indumentária do Sul. O chapéu foi um presente de sua irmã, o colete foi bordado por um grupo de alunos do IUNA, a gravata é do Pony (a mesma que usou quando foi campeão), o paletó curto foi presente do pai de um amigo, as botas e o poncho (escuro, com barras em vermelho e ocre) são emprestados, a fivela do cinto (que tem suas iniciais: R G A) lhe foi presenteada por Carlos Medina (que, além de dançarino, é artesão), e o cribo, de uma senhora de Santa Rosa.

— Mas a camisa branca é minha — diz e dá risada enquanto costura a fita do chapéu, uma tira de couro trançado que passa por baixo do queixo. — A outra estragou por causa do suor. Aqui queriam me cobrar 150 mangos.* Por sorte, eu tinha trazido estas agulhas.

Carlos Medina, um homem verborrágico que sempre parece de bom humor e usa, de noite e de dia, um casquete com viseira, prepara o mate e diz que, quando estava fazendo a fivela, pediu a Rodolfo as iniciais do seu nome.

---

* Nome popular do dinheiro. (N.T.)

— Me deu umas 45 letras, Luis Rodolfo Antonio não sei quê, não sei quê. Disse-lhe: "Boludo,* me dá só três, senão, em vez de um cinto, vou fazer uma minissaia."

Um grupo de rapazes muito jovens pinta, sobre outra mesa, debaixo de uma árvore, uma bandeira que diz:

> Demonstrarás quem és,
> Saberão de que és feito,
> Que o que tens no peito
> Te levou onde hoje estás,
> Vamos, Rodo!

A estrofe é uma paráfrase de uma música do cantor de reggae Don Omar, que Rodolfo sempre escuta e que diz: "Demonstrarei quem sou, saberão de que sou feito, que o que carrego no peito me trouxe até onde estou. E me verão vencer e ser o campeão aquele que como não ganhou galardão me coroaram rei."

— A tempestade pegou você na estrada? — pergunta Rodolfo.
— Sim. Tive de parar.
— Aqui saiu tudo voando. O vento levou um monte de barracas no camping, mas os meus velhos, graças a Deus, ficaram muito bem-acomodados no ônibus.

Pergunto-me como podem estar bem-acomodadas dez pessoas num ônibus sem camas e com banheiro precário, mas digo:
— Que bom.

O almoço para as delegações é servido no salão do Clube Atlético e Cultural Recreativo de Laborde. Sempre ao meio-dia é improvisado ali

---

* Forma brincalhona, e às vezes ofensiva, de dizer: "Cara!" (N.T.)

um baile, que chamam informalmente La peña del comedor,* no qual alguns cantam e dançam, enquanto outros comem e falam aos gritos. Mas agora já é tarde e o salão, imenso, está vazio. As mesas, longas, estão repletas de pratos e copos sujos, e um homem recolhe tudo com um método impecável: enrola os papéis que substituem as toalhas e leva com eles os pratos, os copos, a comida, compondo um enorme embrulho de plástico e sobras. Na cozinha, há duas ou três pessoas. Aproximo-me para perguntar:

— Sobrou alguma comida?

— Sim, pode se sentar.

Sento-me a uma das mesas, diante de um picadinho com aletria, e um homem alto, de cabelos escuros, pergunta se pode se sentar comigo.

— Claro.

O homem tem a aparência austera da gente do campo e entabula a conversação com a mesma naturalidade com que, num salão onde há centenas de cadeiras e mesas disponíveis, perguntou se poderia sentar-se ao meu lado.

— Faz 37 anos que sou delegado da minha província, Río Negro. Isso mudou, para o bem e para o mal. Antes se via um rapaz de Corrientes malambear e sabia-se que era de Corrientes, um de Buenos Aires e a mesma coisa. Agora tudo está muito parecido, porque os campeões viajam por todo o país, treinando esse e aquele, e todos acabam dançando parecido. E é tudo muito atlético. Às vezes, a gente os vê dançar e parecem máquinas. Mas o que eu valorizo é o esforço, porque são rapazes muito humildes que gastam muito dinheiro para se preparar e nada lhes garante que vão ganhar. É claro que o que sai campeão está salvo por toda a vida. Cobra cem dólares pela hora de aula, e tchau.

---

* A sociedade da sala de jantar. (N.T.)

Quando lhe pergunto seu nome, antes que se levante para ir dormir a sesta, ele diz:
— Arnaldo Pérez. Adeus.
Arnaldo Pérez. Campeão de 1976 por Río Negro. Seu professor foi um homem que não sabia dançar malambo, um historiador que, depois de vê-lo num certame de províncias, se ofereceu para dar-lhe aulas e começou a percorrer a cada quinze dias 250 quilômetros em moto, por estradas de terra, até onde morava Arnaldo. Nunca quis cobrar-lhe um peso. Arnaldo Pérez é, além disso, membro do júri este ano. Durante a conversa, quando eu ainda não sabia quem ele era, perguntei-lhe se gostava de Rodolfo González Alcántara como candidato, Rodolfo González Alcántara, o vice-campeão. Me respondeu que, na verdade, não muito.

É quarta-feira, meia-noite, e, como se não tivesse passado um ano, detrás do palco reina o mesmo alvoroço carnavalesco, as mesmas mulheres de vestidos vaporosos, os mesmos meninos ínfimos com gestos rígidos, os mesmos rostos: Sebastián Sayago — que compete outra vez e que dança esta noite —, Hugo Moreyra, Ariel Ávalos, Hernán Villagra. Os campeões voltam, ano após ano, não só porque isso é o que se espera deles, mas pelo gosto de voltar e porque preparam aspirantes em diversas categorias. Alguém pintou com farinha, no espelho pregado na parede, a palavra MALAMBO. A voz do locutor diz:
— E dessa maneira, senhoras e senhores, país inteiro, apresentou-se o quarteto de malambo menor! Nesses garotos se reflete a esperança e o trabalho de cada professor, de cada pai! Eles são a sementeira, são os que serão campeões...!
A categoria de malambo menor vai dos 10 aos 13 anos. O tempo máximo estipulado para essa categoria é de três minutos. Quando acabam de sapatear, os malambistas pré-adolescentes costumam jogar-se

nos braços de seus preparadores e chorar desconsolados, enquanto os adultos, orgulhosos, lhes dizem: "Chorem, chorem, é isso que devem sentir." Agora, ao lado do palco, há vários desses garotos debulhando-se nos braços dos que os treinam.

São 12h15, mas Rodolfo está no camarim número 4 desde as 11. Tira a camiseta, a calça, as sapatilhas, tira de sua bolsa marrom uma garrafa de água e a roupa da dança. Veste a camisa. O cribo, as botas de potro, o chiripá, a faixa. Fernando Castro, já vestido com traje de gaúcho, contempla-o em silêncio e, com a mesma paciência sereníssima do ano passado, ajeita as pregas do poncho para que fiquem iguais, para que as barras coincidam. Às 12h30, Rodolfo começa a se mover, passando o peso de uma perna para a outra, como um tigre enjaulado e com raiva. Depois, molha o cabelo com água, abre a mochila, tira a Bíblia, lê, sussurra, guarda-a, pega o telefone celular e começa a soar a canção de Almafuerte, "Sé vos". Fernando Castro, com a guitarra no colo, lhe diz em voz baixa:

— Vamos ganhar, compadre. Tire seu egoísmo, sua alegria.

Rodolfo assente com a cabeça, mudo.

— Atitude, vamos. Que o sangue flua, meta, meta, meta.

Rodolfo assente, sem parar de se mover. Então, como no ano passado, Fernando se levanta, sai, e ficamos sozinhos. E eu me pergunto se devo ficar ali, mas fico.

À uma da manhã se escuta o hino de Laborde — "Baila el malambo" — e a voz do locutor diz:

— Senhoras e senhores, chegou a hora da competição esperada por todos, por Laborde, por toda a Argentina!

Quando estouram os fogos de artifício, Rodolfo levanta a cabeça e coloca o chapéu. Seu rosto é o de um ídolo pétreo, o de alguém que é e que não é ele.

— Senhoras e senhores do júri, campeões, vamos apresentar agora a competição malambo maior!

Rodolfo abre a porta do camarim e caminha para o palco. Fica em pé entre os cortinados, as pernas abertas, as costas eretas como alguém que se prepara para matar.

— Vamos receber agora um homem oriundo da província de La Pampa! Com o coração aceso e os aplausos ardentes, vamos receber o vice-campeão de malambo de 2011, Rooodooolfo Gonzáaalez Aaaalcántaraaaa!

O público delira. Ouvem-se gritos — "Bravo!", "Vamos, Rodo!" "Aguente!" "Dá-lhe, macho!" — e reconheço, entre todas, a voz de Miriam. Rodolfo, ainda na coxia, faz o sinal da cruz.

E sai.

A guitarra de Fernando Castro parece uma tempestade de ameaças, um presságio. Soa como se fosse uma avalanche, como se fossem pedras, como se fossem trovões: como se fosse o último dia da Terra. Rodolfo entra no palco pelo lado, dá uns passos e se detém para medir a magnitude da sua tarefa. Depois, caminha até o centro e avança na direção do público com três passos sigilosos, como um animal à espreita. E ali fica, as pernas separadas, os braços soltos, as mãos com os dedos tensos. A guitarra debulha um acorde redondo, bem pulsado, e Rodolfo deixa cair dois golpes na madeira: tac, tac. E, a partir desse momento, o malambo transcorre em algum lugar entre a Terra e o céu. As pernas de Rodolfo parecem águias em fogo, e ele, perdido em algum lugar que não é deste mundo, bem-posto e fatal, altivo como uma árvore, transparente como o ar de jasmins, alça-se com brutalidade sobre a filigrana dos dedos, se abate, escoiceia, ruge com a astúcia de um felino, desliza com a graça de um cervo, é uma avalanche e é o mar e é a espuma que o coroa e, no final, crava um pé nas tábuas e fica ali, sereno e limpo, temível como uma tormenta de sangue, e, com um gesto sobranceiro, ajeita o paletó — como quem diz: aqui não aconteceu nada —, inclina-se numa reverência, toca a aba do chapéu com a ponta de um dedo, dá meia-volta e vai embora.

— Tempo empregado: quatro minutos e quarenta e cinco segundos — diz a voz impávida, opaca, da mulher.

Então, corro para trás do palco e o que encontro ali é terra arrasada. Rodolfo e Fernando se abraçam num abraço mudo, como dois homens que se dão os pêsames. Carlos Medina está com os olhos cheios de lágrimas e Miriam Carrizo, abraçada nele, não para de chorar. Penso que alguma coisa saiu muito mal e que não fui capaz de me dar conta. Mas então Rodolfo tira o chapéu, resfolegante, e Miriam vai até ele, abraça-o e diz:

— Rodo, foi muito lindo, saiu muito bem.

Carlos Medina, que mal pode respirar, me olha.

— Nunca o vi dançar assim.

A uns poucos metros, na porta de seu camarim, Sebastián Sayago, que dançará dentro de alguns minutos, reza.

Falta pouco para as duas da manhã, quando Sebastián Sayago desce do palco, gritando:

— Merda, puta merda!

Os compadres o rodeiam e dizem "Tire, tire isso, tire", mas Sebastián parece furioso e faz gestos de dor. Levam água para ele, Rodolfo e Fernando se aproximam para cumprimentá-lo e ele, pouco depois, desaparece.

Rodolfo entra no camarim, tira o paletó, o colete, o cinto. Fica só com o cribo e a camisa, e essa roupa branca e folgada lhe dá o aspecto de um penitente ou de um coroinha. No palco, dançam os aspirantes de Buenos Aires, de San Luis, de La Rioja. Do lado de fora, as garotas de uma delegação provincial fazem uma ronda e recitam em coro:

— Estiiiico, abaaaaixo, estiiiico, suuuubo.

• UMA HISTÓRIA SIMPLES •

E esticam, e abaixam, e esticam, e sobem.

Rodolfo toma água, tira a camisa, o cribo, e começa a se vestir para dançar a devolução, o estilo do Norte. Já vestido, sai e passa todo o malambo na frente do espelho da parede enquanto, ao redor, vários o olham em silêncio. Depois volta ao camarim e eu fico fora, tomando notas junto a um menino vestido de gaúcho que checa mensagens no celular. Poucos minutos depois, o homem ruivo, que anuncia a ordem com que os participantes devem subir ao palco, passa correndo e grita:

— La Pampa, La Pampa! Onde está La Pampa?

Como ninguém responde, digo:

— No camarim 4.

O ruivo sai disparado, bate na porta do camarim de Rodolfo e grita:

— La Pampa é o próximo para malambo maior!

Alguma coisa mudou inesperadamente: de acordo com o programa, Rodolfo deveria subir dentro de meia hora, e isso, imagino, deve tomá-lo de surpresa. Mas no palco ainda está dançando uma delegação provincial e me digo que não há problema, que vai dar tempo. Então, vejo Miriam passar com um celular, um gesto de angústia atroz, e sei que alguma coisa vai muito mal.

— O que está acontecendo?

— O Pony, não conseguimos encontrá-lo em lado nenhum e ele tem de tocar o bumbo para o Rodo!

Miriam tenta telefonar para o Pony, mas o Pony pode estar em qualquer lugar: comendo pizza, dando uma entrevista, assinando autógrafos. Ouvir o telefone, nessa multidão e com essa música, é impossível. Rodolfo pergunta:

— Que aconteceu?

— O Pony não aparece — diz Miriam, e torna a discar.

Eu penso: "Que pena." Mas não sei se estou pensando nele, em mim ou nos dois.

❖

Como acontece nos filmes, três minutos antes da vez de Rodolfo entrar no palco, o Pony aparece. Miriam está furiosa com a organização, mas Rodolfo coloca o chapéu e sai sem dizer nada. Vejo-o se aproximar do palco e, já de costas, fazer o sinal da cruz. Penso que, se em 2011 ele ficou desconcentrado por causa do paletó preso no colete, o estrago produzido por esse susto de último momento deve ser uma rachadura descomunal. Enquanto pensa nessas coisas, Rodolfo vai para o palco e dança. Quando acaba, a voz opaca, impávida da mulher diz:

— Tempo empregado: quatro minutos e trinta e dois segundos.

Rodolfo desce agitado e se enfia no camarim. Miriam segue atrás, fica olhando para ele em silêncio, com o cenho franzido, como que procurando descobrir algum segredo. Quando Rodolfo recupera a respiração, ela lhe diz que não dançou como ela esperava, que não gostou das duas primeiras mudanças, que não esteve bem. Rodolfo diz que sim, que já sabe, que não está contente, que a música não o acompanhou, que desceu certo de que não tinha dado tudo, que a precipitação o deixou nervoso e não lhe deu tempo de se concentrar. Tira o paletó, as botas, sai do camarim. Fora, muitos se aproximam para abraçá-lo, para desejar-lhe sorte. Um rapaz jovem diz que tem uma coisa para ele. Enfia a mão no bolso, tira um objeto e entrega a ele.

— Para você, era da minha avó.

É um rosário. Rodolfo agradece, beija-o e pendura-o no pescoço.

No dia seguinte, a primeira notícia que recebo é que Sebastián Sayago se machucou enquanto dançava e que está sendo tratado com infiltrações para o caso de chegar à final. A segunda notícia que recebo — na forma de um boato — é que o júri gostou muitíssimo da dança de Rodolfo. A terceira não é uma notícia: encontro-me com Rodolfo e ele me diz que olhou a gravação do malambo do Norte de ontem e que se achou melhor do que esperava, que está mais tranquilo.

— Vamos ao camping ver os meus velhos?

— Vamos.

O ônibus que diz ARIEL TOURS está estacionado fora do camping, num espaço verde repleto de barracas do outro lado da estrada 11. Os pais, os irmãos e os demais parentes de Rodolfo dormem nesse ônibus alaranjado meio desconjuntado, mas passam o dia no camping, ao qual entram pagando uma tarifa mínima que lhes dá direito de utilizar as grelhas, a piscina, os chuveiros e os toaletes. Rubén Carabajal é um homem moreno, robusto, de barba e bigode com falhas, que quase não fala. María Luisa Alcántara é baixa — mais baixa do que Rodolfo —, muito magra, com os cabelos lisos, um rosto de traços finos e quadrados, olhos pequenos e tristes, como se sempre estivesse a ponto de cair dormindo. A artrite lhe deixou nós e ossos salientes nos joelhos e nas mãos.

— O Rodo é tão bom e tão responsável. Um filho excelente, graças a Deus — diz, sentada num dos bancos de cimento do camping, diante de uma mesa sobre a qual há biscoitos e mate. — Quando pequeno, teve uma pneumonia muito grave. Vivia internado no hospital. Eu ficava com ele e tinha de lavar a roupa, e mantinha a roupa dentro do quarto, no banheirinho, e as enfermeiras me perguntavam: "Ei, González, você não tem família?" Eu respondia que sim, mas eles não vêm me visitar. Uma só vez foram me ver, quando deram uma hora de vida ao Rodolfo. O único que ia me visitar era o Rubén, que pedia licença para doar sangue e ficava. Passamos muitas coisas juntos. Por isso, quando o Rodo me disse que queria ir embora para Buenos Aires, fiquei para morrer. Foi embora quando as coisas estavam piores. Mas ele me disse: "Mamãe, eu tenho de ir porque aqui não vou chegar a lugar nenhum." Eu tinha um sobrinhozinho que mataram com um tiro há sete anos. E ele dizia: "O único primo que tem os ovos no lugar é o primo Rodolfo, que com 19 anos foi para Buenos Aires sem conhecer ninguém."

— Mataram esse sobrinho?

— Sim, a uma quadra da minha casa. É que o meu bairro tem um nome muito ruim. Chama-se Mataderos. No GPS, colocam "zona perigosa".

— Quando ele foi embora, não tínhamos um peso para lhe dar — diz Rubén Carabajal. — A situação era terrível. Agora trabalho na prefeitura, fazendo manutenção, e ganhamos alguma coisa. Mas, naquele momento, eu ganhava 150 pesos. Nada.

— Nunca lhes pareceu que seria melhor que Rodolfo estudasse algo mais seguro do que a dança?

— Não, se era o sonho dele — diz María Luisa. — Ter um filho campeão nacional é muito importante. Ele diz: "Mami, eu estou fazendo uma coisa que eu gosto." E eu lhe digo: "Bem, filho, você tem de ser feliz." Nós sempre o apoiamos em tudo. Quando vai a Santa Rosa, com quarenta graus de calor, ele sai para correr dez quilômetros. Na casa de Buenos Aires não tem tablado, então precisa sapatear no chão de cimento, com as botas de potro. Sabe o que é isso? Pobrezinho, com tudo o que trabalha. Às vezes, telefono meia-noite e meia e ainda não chegou, está esperando o trem para voltar para casa.

A conversa se desvia para a lenda familiar: o dia em que, como Rodolfo era muito quieto e sempre batiam nele no colégio, María Luisa lhe disse: "Se, na próxima vez, você não bater em todos, quando chegar em casa quem vai lhe bater sou eu"; a vez em que Rubén, porque não tinha o que comer, roubou um porco e acabou preso; as caçadas de tatus, que amiúde são empreendidas pelos homens da família.

— Na última vez, foram caçar e voltaram com 25 tatus — diz María Luisa. — Houve uma época em que a minha casa parecia um zoológico. Tinha lontras, quero-queros, gansos, um avestruz. Uma raposinha. Um dia, o avestruz fugiu e os vizinhos o comeram.

— Como soube que foram os vizinhos?

— Porque veio a própria senhora e me disse que tinham encontrado um avestruz e haviam-no comido.

No ano passado, operaram-na da coluna em Buenos Aires e lhe colocaram uma prótese. Agora tem uma dívida enorme com o hospital, porque o seguro médico cobriu tudo, menos os gastos da internação.

— E temos de devolver o dinheiro do ônibus. Uma parte foi um vizinho que nos emprestou, e outra, o marido da Chiri. Não é, Chiri?

Chiri, que trabalha como empregada doméstica e cujo marido é lixeiro, um ofício que, na Argentina, é razoavelmente bem pago, diz, enquanto toma conta de um bebê:

— Primeiro, temos de devolver ao vizinho. Depois, vamos ver.

María Luisa faz um gesto como quem diz: "Tomara."

— Eu acredito que Deus vai nos ajudar a seguir em frente.

— Fica para comer um churrasquinho? — pergunta Rubén. — Já separamos uma porção para você.

— *Laborde gerou em você uma série de reformulações, de reflexões a nível pessoal, fez um corte produtivo.*

— *Sim, sim, Laborde provoca outras coisas. Quando alguém está no palco, tem de deixar muitos sentimentos ali. Para mim, tudo isso deixou um enorme ensinamento, e foi um corte, um antes e um depois.*

— *Bem, tenha a maior sorte das sortes. Esperamos ver você no palco depois das quatro da madrugada de domingo, Rodolfo.*

— *Obrigado, e lembranças a todos os entes queridos.*

— *Falávamos com Rodolfo González Alcántara, um dos mais concentrados e sérios vice-campeões que já vimos. Falou de um corte, e soube aproveitar cada uma das situações, o que lhe deixou um ensinamento.*

Estou dirigindo quando escuto essa entrevista com Rodolfo numa rádio local. Às vezes — muitas —, ele faz isso: fala de generalidades, e se alguém lhe pergunta onde está, onde deixou o monstro que o devora no palco: onde você o tem.

Na quinta à noite, há uma lua enorme. O aspirante de Tucumán desce do palco meio cego e, impetuosamente, se enfia no camarim errado.

Isso é tudo.

Na sexta pela manhã, Héctor Aricó passa por uma área do prédio onde os aspirantes do malambo maior fazem uma foto e diz, brincando:

— Como todos são feios.

Uma multidão de garotos os enfoca com seus celulares. Me dou conta de que Rodolfo é o mais baixo de todos.

Às seis da tarde da sexta, Álvaro Melián, o aluno de Rodolfo, está encarapitado no parapeito de uma janela da casa e olha o que está acontecendo em silêncio. Fernando Castro está sentado num sofá cheio de roupas, com a guitarra entre as pernas. Rodolfo está no centro da sala vazia, vestido com o cribo, o chiripá e uma camiseta azul. Ontem começou a sentir dor num dente e está com um tornozelo inchado. No hospital de Laborde, recomendaram tomar uma injeção anti-inflamatória e um calmante, mas ele não quis porque teve medo de que isso tivesse efeito sobre a dança. Sua mãe se ofereceu para lhe dar um analgésico e um anti-inflamatório. Quando Rodolfo foi buscá-los, encontrou Rubén dormindo no corredor do ônibus e a sua mãe fazendo o mesmo num assento, com o pescoço torto, tudo numa temperatura asfixiante. Ficarei sabendo, depois, que a cena lhe revolveu as tripas.

— É incrível — diz agora, queixando-se por causa de uma mudança que não sai. — Começo a contá-la daqui e é daqui.

Fernando Castro olha-o sem dizer nada e dedilha a guitarra. Rodolfo repassa a mudança uma vez e mais outra. Às vezes, ele se detém e, então, Fernando fala com ele como se quisesse inseri-lo num transe hipnótico.

— Pense no que lhe custou chegar até aqui. Imagine que está na final. Pense como lutou por ela. Pense na emoção, na adrenalina. Pense no momento em que dirão o seu nome e você entrará. No início, você dará o justo e o necessário. No final, com o coração, com toda a maturidade. Imagine que tudo corre lento e que você segue rapidíssimo. Agora vamos, desde a entrada.

Rodolfo sai do quarto e torna a entrar, expelindo fogo pelos olhos. A planta nua do pé soa como uma chicotada contra o assoalho.

— Sente-se, campeão, caralho! — grita Fernando.

Rodolfo repassa todo o malambo, mas não está satisfeito. No final, diz:

— É o primeiro ensaio desde que dancei, e começaram a aparecer dores que eu nem sabia que tinha. Amanhã quero ensaiar bem, porque este ensaio foi uma merda.

No sábado de manhã, chega o seu amigo de infância, o Tonchi. E, embora no domingo sejam dados a conhecer os nomes dos que passaram para a final, e o sábado seja uma véspera nervosa, Rodolfo ensaia e tudo sai impecavelmente bem. Depois, almoça aletria, recebe o telefonema das pessoas que o estimulam, descansa, dorme.

Na manhã de domingo, vou procurar Rodolfo e não o encontro. Às 11h20, atende o telefone e consegue me dizer que está numa missa.

Na igreja há várias moças vestidas à paisana e alguns homens, de gaúchos. Rodolfo usa uma camiseta branca, calça de ginástica, e está sentado num banco junto de Miriam e de Tonchi, um homem jovem, baixo, moreno. Rodolfo, com a cabeça baixa, vai para a fila que se dirige ao altar para receber a comunhão. Pouco depois, o padre anuncia que a missa terminou e pede um forte aplauso para os participantes do festival.

— Viva a pátria! — diz.

— Viva! — responde o povo, com um grito que faz tremerem os vitrais.

Depois, vamos para casa.

O Tonchi se chama Gastón e dança malambo desde criança.

— Eu dançava jazz, tango. Tenho uma fantasia de paquito da Xuxa. Dancei de paquito da Xuxa num ato de uma academia.

O Tonchi e o Rodolfo estão sentados no pátio da casa, tomando chimarrão, e por um momento parecem se esquecer do motivo pelo qual estamos ali: esperando o telefonema do delegado de La Pampa, que é o encarregado de avisar se Rodolfo passou para a final.

— Quando vi este aqui no Mamüll, eu o olhei com estranheza — diz Rodolfo. — Nem nos cumprimentamos. Depois começamos a sapatear juntos, dois primos meus e ele. Os quatro anões. Eu era gordinho, uma garrafinha. Mas éramos muito irritantes.

— Quando fomos ao certame de Bahía Blanca, quase nos expulsaram — diz o Tonchi. — Pegávamos limões verdes e nos escondíamos e os jogávamos nas pessoas.

— Eram muito garotos?

— Não. Tínhamos 13 anos.

— E se lembra de como sapateávamos? — pergunta Rodolfo. — Eu parecia engessado, e o Tonchi parecia que estava dando o arranque numa moto.

Como se o tivessem ensaiado, levantam-se e dançam um malambo horrendo, de palhaços, movendo os braços exageradamente, fazendo

• UMA HISTÓRIA SIMPLES •

85

um sorriso duro e falso. Quando acabam, voltam a se sentar, morrendo de rir.

— Ai, idiota, você vai me matar — diz o Tonchi, e seca as lágrimas.

O Tonchi nasceu com uma falha congênita nos rins. Já recebeu dois transplantes e está na lista de espera para o terceiro. Tem de fazer hemodiálise três vezes por semana, de meio-dia às quatro da tarde, e, antes e depois, vai ao ginásio, corre, toma aulas de malambo.

— A hemodiálise é de meio-dia às quatro, e aí acaba. Se você começa "ai, pobre de mim, vou fazer hemodiálise", se ferra. Agora a função renal está se tornando cada vez mais complicada. Por sorte, eu urino todas as manhãs. Pouquinho, mas urino. Tem gente que, entre uma e outra hemodiálise, não urina nada. O que me ajuda é que transpiro muito dançando. Mas não dou muita bola para a doença. No ano passado, distendi o abdome, correndo em Bariloche. Uma dor tremenda, mas eu não sabia o que estava acontecendo. E já iam me operar o apêndice quando Rodo me ligou e eu lhe digo: "Rodo, estou aqui, vão operar o meu apêndice. "Não, cara, você não tem apêndice, foi operado quando era pequeno." Então, eu disse ao médico: "Olhe, doutor, acabaram de me dizer que eu não tenho apêndice." Eu não sei nada de doenças.

O braço direito do Tonchi parece a raiz de uma árvore, com bulbos e protuberâncias, consequência da hemodiálise. Antes de vir, os médicos o submeteram a um tratamento preventivo com diuréticos para compensar as sessões que terá de saltar por estar aqui.

— Mas no ano passado não vim, e este ano eu não poderia falhar com o Rodo. Não é, Rodo?

— Sim, amigo Tonchi.

Rodolfo não deixa de olhar de soslaio para o seu telefone e, ao meio-dia, escutam-se passos pelo corredor lateral. Ficamos todos na expectativa, até que aparece na porta o rosto de um homem jovem, com uma barba ao redor da mandíbula.

— Olá, olá.

— Ei, Freddy — diz Rodolfo. — Sente-se, negro.

Freddy Vacca ganhou o título em 1996, pela província de Tucumán, e diz que veio para cumprimentar e dar apoio.

— Já se sabe?

— Não, nada ainda.

Falam da tempestade da terça-feira, dos mais velhos, do salão de jantar, da turma, do calor, do corte de luz, da seca: a conversa evita, estrategicamente, qualquer alusão à competição, e isso parece, como tantas coisas aqui, um acordo tácito. Depois de um momento, Vacca se levanta e diz:

— Bem, Rodo, desejo-lhe o melhor. E lembre-se de que estou aqui, com você, sapateando dentro de você.

Rodolfo o abraça, agradece por ter vindo, e Freddy Vacca vai embora.

— Um grande, o Freddy.

Às 12h30 tudo continua na mesma: ninguém telefona. Rodolfo sugere ir ao camping, onde seus pais preparam um churrasco.

— Vão nos dar as últimas notícias quando estivermos lá.

— Rodo, antes de irmos, você pode descascar um pêssego para mim? — pergunta o Tonchi.

— Claro que sim.

Tonchi adora pêssegos, mas é alérgico à casca. Enquanto Rodolfo descasca o pêssego dentro da casa, escuto alguém lhe perguntar:

— Então, Rodo, como está?

— Ansioso.

No carro, a caminho do camping, Rodolfo diz:

— Achei que seria como no ano passado, que ao meio-dia já se saberia quem tinha passado para a final.

Quando chegamos na estrada, toca o telefone e Rodolfo atende firme, mas com urgência e nervosismo na voz:

— Sim, alô.

É Carlos, o pai de Miriam.
— Não, Carlitos, nada ainda.

O camping parece o cenário de um momento feliz. A piscina está repleta de crianças, as grelhas estão fumegando. Rodolfo levanta os sobrinhos no colo, cumprimenta os irmãos e os pais. À uma da tarde, envio uma mensagem a Cecilia Lorenc Valcarce: "E?", e me responde: "Nada ainda."

— Estou muito ansioso.

Rodolfo está sentado num banco e, com o tom de quem confessa alguma coisa, não deixando que seus pais escutem, repete:
— Muito ansioso.

Então se ouve uma vibração. Rodolfo leva a mão ao bolso, tira o telefone, olha-o e diz:
— Mensagem de José Luis Furriol.

José Luis Furriol é o delegado de La Pampa.

São 13h40 da tarde.

E que foi agora?
Então termina tudo?
Termina tudo?

No tempo que transcorre desde que Rodolfo recebe a mensagem e até que a leia, meu gravador registra um silêncio enorme, como se o Universo tivesse parado para contemplar como três palavras decidem o destino de um homem.

Rodolfo abre a mensagem, a lê e, com voz modesta e clara, diz:
— Estou na final.

Sua mãe grita. Miriam grita, seus irmãos gritam, o camping grita por toda parte se ouve "Vamos, Rodo!" e "Pra frente, La Pampa!" A mensagem de José Luis Furriol vai se perder para sempre num telefone que Rodolfo vai perder depois, mas diz "Rodolfo está na final". Enquanto todos gritam e se abraçam, ligo para Cecilia Lorenc Valcarce para saber os nomes dos demais finalistas. Me diz que são o aspirante de Río Negro, Maximiliano Castillo, e o de Santiago del Estero, Sebastián Sayago. Sebastián Sayago, o irmão de Fernando Castro, que, por sua vez, é treinador e acompanhante musical de Rodolfo etc.

Depois de um momento, eu me despeço. Combinamos que vou apanhar Rodolfo em casa às 11 da noite para levá-lo ao prédio. Ao caminhar para o carro, sinto-me tocada por algo parecido com privilégio: eu vou levá-lo. Eu.

Começo, talvez, a entender alguma coisa?

Nessa noite, quando chego na casa, também estão Miriam e Fernando Castro. O ambiente é sombrio: nesta cidade, onde nunca acontece nada, roubaram de Carlos Medina e de outros que se hospedam ali dinheiro e casacos que estavam na caminhonete. A hipótese é a de que foi "gente de fora": gente que não mora em Laborde. Aqui, como no mundo inteiro, a culpa é dos outros, os estrangeiros, os desconhecidos. No carro, Rodolfo, Miriam e Fernando não falam, não dizem nada, e eu tenho a sensação de estar levando alguém, muito lentamente, para o cadafalso.

Encontramos lugar para estacionar numa rua de terra, junto ao prédio. Quando entramos, está dançando, no palco, a delegação do Chile. Ainda é cedo, mas, de qualquer forma, vamos para os camarins. Rodolfo entra no número 2. Depois, tudo se repete como num sonho

recorrente: tira da bolsa marrom a água, a faixa, o cinto, despe-se, veste-se, molha os cabelos, começa a se mover como um tigre com raiva, na jaula, tira a Bíblia, abre-a, lê, sussurra, fecha-a, beija-a, guarda-a, liga o celular e põe a canção "Sé vos", de Almafuerte.
  É meia-noite e meia.
  Quantas vezes um homem pode passar por isso?
  Quantas vezes posso eu passar?
  Esta poderia ser uma história interminável?

  O prédio está lotado. A bandeira argentina tremula, alta no céu. Rodolfo está no camarim, sentado, olhando para o chão. Miriam se aproxima, abraça-o e, sem dizer nada, sai. A alguns metros, Sebastián Sayago, vestido com o traje do Norte, se detém diante do espelho e diz: "Vamos, vamos, vamos." Às duas da manhã, começa a soar o hino de Laborde e, assim que termina, os fogos de artifício. Sobre os fogos de artifício, a voz do locutor:
  — Senhoras e senhores, cidade de Laborde, país! Esta é a hora da verdade, este é o momento esperado por todos! Para chegar a estas instâncias foi que eles vieram! E somente um deles será o campeão! Senhoras e senhores, certame malambo maior! Abre a competição nesta reta final...! Inspira e diz:
  — De Laaa Paaampaaa... Rooodolfooo Gonzáaalez Aaaalcántara!
  Lá vai.

  A voz da mulher, opaca, impávida, diz:
  — Tempo empregado: quatro minutos e quarenta e nove segundos.
  Rodolfo desce do palco. Tem sangue nos dedos, os nós descarnados, um talho no pé. Uma jornalista se precipita para entrevistá-lo

enquanto, no palco, Sebastián Sayago dança. São 02h20. Agora tudo a fazer é esperar.

Rodolfo veste um paletó — está molhado, faz muito frio — e vai cumprimentar a sua família. Depois fico sabendo que não puderam vir todos porque não conseguiram dinheiro para pagar a entrada.

Às quatro da madrugada, Rodolfo pede a Javier, seu cunhado, que compre um alfajor porque faz um ano e meio que não come um. Às 4h15, fica com vontade de fazer pipi e tem de tirar parte da roupa para ir ao banheiro. Às 4h30, volta, torna a se vestir, senta-se à porta do camarim e, com o paletó sobre os ombros, come os dois alfajores que Javier lhe trouxe. O aspirante de Río Negro está fechado em seu cubículo. Sebastián Sayago no dele. Miriam faz planos pelo celular para ocupar um lugar estratégico durante a entrega dos prêmios. O Tonchi permanece acocorado debaixo da mesa de cimento do camarim, contemplando o mundo dali, como se tivesse muito medo. Rodolfo termina o alfajor e entra. Senta-se numa cadeira e eu me sento em frente, sobre um caixote de cerveja virado. Vejo que na mão direita ele tem uma imagem do Sagrado Coração de Jesus, que não sei de onde tirou. O Tonchi faz piadas, pergunta se ele se lembra de quando eram crianças e não queriam dormir a sesta. Rodolfo assente, ri, faz um esforço para falar.

— Está nervoso? — pergunto-lhe depois de um momento.

Rodolfo diz que sim com a cabeça, escondendo o gesto para que o Tonchi não veja.

Às cinco, algumas pessoas do público se cobrem com cobertores para se proteger do frio da madrugada. Mas, no camarim, Rodolfo

• UMA HISTÓRIA SIMPLES • 91

transpira. O locutor anunciou o começo da entrega dos prêmios e pede aos delegados de todas as províncias que subam ao palco. A cerimônia é lenta porque são entregues o terceiro, o segundo e o primeiro prêmio em todas as categorias e, às vezes, uma menção honrosa. Às 5h15, começa a clarear. Às 5h30, o locutor anuncia:

— E agora, senhoras e senhores, o certame malambo maior!

Rodolfo, sentado num canto, não diz nada. O Tonchi, debaixo da mesa de cimento, não diz nada. Eu, sobre o caixote de plástico, não digo nada.

— Vamos anunciar primeiro o vice-campeão deste ano. Senhoras e senhores, o vice-campeão deste ano, o vice-campeão da quadragésima quinta edição do mais argentino dos festivais, é da província deeeee...!

O locutor inspira e, com uma exalação, diz:

— Santiaaaagooo del Eeeeesteroooooo! Sebastiáaan Sayaaaaaago!

Levanto-me e vejo Sebastián Sayago caminhar para o palco. Não parece feliz e muitos dos que o acompanham choram. Outro ano mais, penso. Outro ano de doze malambos por dia, de uma hora de correria. Outro ano de horrível esperança.

Rodolfo fica em pé, com a imagem do Sagrado Coração na mão, me dá as costas e reza.

O locutor convida Gonzalo Molina, o Pony, para subir ao palco para dançar o último malambo. O Pony dança — uma dança que não vejo —, e, quando termina, aproxima-se do microfone e fala de seus amigos, de sua família, de seu eterno agradecimento. Escuta-se o que diz engasgado pela emoção e por uma distância incorreta entre a sua boca e o microfone.

Rodolfo para de rezar, coloca o chapéu e sai do camarim. Do lado de fora, estão Miriam, Carlos Medina, Fernando Castro: todos têm o aspecto de ter sobrevivido a uma tragédia ou de estar esperando uma catástrofe. Como se Rodolfo fosse feito de uma matéria muitíssimo frágil, ninguém se aproxima, ninguém fala com ele. O locutor diz:

— Senhoras e senhores... agora sim, o nome que todos estão esperando, o nome do nosso campeão!

Rodolfo caminha em círculos. Miriam se apoia contra uma parede e olha para ele como se quisesse gritar ou chorar. O Tonchi chega à porta do camarim.

— O júri desta nova edição consagra campeão de malambo...!

E então o nome do campeão estoura e esta é a primeira coisa que acontece: Tonchi e Rodolfo se abraçam e caem de joelhos. O Tonchi chora como um louco e Rodolfo não o solta, mas não chora. Fecha os olhos com força, como se tivesse recebido uma pancada. No palco, estouram os fogos de artifício, e o centro do mundo são esses dois homens, esse pequeno núcleo de amizade incondicional onde pulsam todos os invernos de fome e os rins doentes do Tonchi e as sapatilhas velhas de Rodolfo, porque o locutor acaba de dizer que o novo campeão de Laborde, senhoras e senhores, é ele, é Rodolfo González Alcántara, e Miriam cobre a boca com as mãos e começa a chorar, e Carlos Medina chora, e Fernando Castro chora e Rodolfo e o Tonchi continuam ali, ajoelhados, até que Miriam se aproxima e Rodolfo se levanta e a abraça, e Fernando Castro se aproxima e Rodolfo o abraça, e se escuta o hino de Laborde sobre o qual a voz do locutor, que pergunta:

— Onde está o campeão? Onde está o campeão?

Carlos Medina enxuga os olhos e diz:

— Rodo, Rodo, você tem de ir ao palco!

Rodolfo passa a mão pelos cabelos, acomoda o chapéu e sobe. E a primeira coisa que faz, antes de receber sua taça das mãos do Pony, é abraçar o vice-campeão, Sebastián Sayago.

Aí está, digo a mim mesma.

Eis aí um homem cuja vida mudou para sempre.

Não mais esqui por baixo dos exaustores.

Não mais sapatos lisos.
Não mais fome.

O Pony entrega-lhe a taça e Rodolfo a levanta, coloca-a no assoalho, ergue as mãos e faz o sinal da cruz. O locutor diz:

— Uma maravilhosa consagração logo depois das cinco e meia da manhã! Agora vamos deixar que sapateie o campeão nacional de Malambo! Senhoras e senhores, sapateia o campeão nacional de malambo de 2012, Rodolfo González Alcántara!

E, de acordo com a tradição, Rodolfo sapateia algumas mudanças de seu primeiro malambo de campeão, de um dos últimos malambos de sua vida. Depois, chega ao microfone e, com voz segura, sem uma única concessão ao choro, diz:

— Olá. Eu, o que quero é agradecer. Agradecer à minha família, porque fizeram algo incrível. Como não podiam pagar o camping para vir, pagaram um ônibus leito para 45 pessoas, porque assim saía mais barato, e, quando voltarem, vão ter de trabalhar muito para devolver o dinheiro. A todos os meus professores. Aos amigos que vamos fazendo pelo caminho. E à mulher que escolhi, Miriam. Porque nós, os malambistas, nos esforçamos, mas o sacrifício é feito pelos que nos acompanham: porque acompanham um sonho que não lhes pertence. Assim, obrigado a todos vocês.

Um ano mais tarde, num sábado, 12 de janeiro de 2013, a primeira coisa que se vê entrar em Laborde é uma foto gigante de Rodolfo. Ao dobrar a esquina, outra. E logo outra. E mais outra. Os pés, as mãos, a cintura, o rosto, o meio-corpo, o corpo inteiro estão dispersos pela cidade como num ato de canibalismo enlouquecido. São seis da tarde e, na sala da imprensa do prédio, acaba uma conversação aberta entre o campeão e o público. Vestido com um suéter e um jeans — com as bainhas dobradas para fora —, Rodolfo assina autógrafos sobre um pequeno pôster com uma foto sua. Cada assinatura lhe toma muito tempo porque pergunta, a quem a pede, a exata ortografia do nome, e depois escreve uma dedicatória comprida. Sei, porque ele me disse, que tem custado a dormir e que não quer pensar no último malambo que vai dançar na segunda-feira.

Caminhar com ele por Laborde é uma tarefa impossível. Um time completo de futebolistas locais que saiu para espairecer grita para ele: "Rodolfo González Alcántara: padrillo!"* As pessoas lhe pedem fotos, autógrafos, um abraço. Ele sorri, cumprimenta, é paciente, amável, modesto: quando a dona da sorveteria Riccione o chama por telefone para lhe dizer que vá apanhar uma fotografia gigante que quer lhe dar de presente, Rodolfo, que está vestido de gaúcho, me pede que o acompanhe porque tem vergonha de andar vestido assim fora do prédio.

Durante 2012, a sua vida mudou muito. Não apenas tem mais trabalho — como membro do júri de outros festivais, como professor —, mas também porque seus próprios honorários subiram consideravelmente. Com uma quantidade de dinheiro que jamais pensou que teria, construiu uma sala para dar aulas em sua casa de Pablo Podestá. Com o tempo, provavelmente, poderá abandonar as aulas na região metropolitana para dedicar-se somente ao IUNA e a receber alunos em sua casa. São quase oito, ainda há sol, e estamos no carro, numa rua de terra, estacionados diante do cemitério, olhando para um campo de soja que no ano passado estava tomado de milho. Pergunto-lhe se continua treinando.

— Sim, na última vez em Santa Rosa fui escalar dunas. Mas é muito difícil treinar sem um objetivo. Quando treinava para vir a Laborde,

---

* Pronuncia-se "padrijo" — equivale a cavalo campeão, ou garanhão. (N.T.)

• UMA HISTÓRIA SIMPLES • 95

eu pensava que em algum lugar do país havia um aspirante que nesse mesmo instante estava repassando seu malambo dez vezes por dia. Então, eu repassava doze. Ou que havia um aspirante que, nesse mesmo momento, estava correndo uma hora por dia. Então, eu corria uma hora e meia. Se não temos um porquê, manter esse ritmo é difícil.

— E conseguir o título foi o que pensava?

— Foi muito mais. Nos idolatram. Na última semana aqui eu me senti um rei. Sei que em toda a minha vida não vou voltar a me sentir como me senti esta semana em Laborde. Mas, a partir de segunda-feira, toda a atenção será outro que irá receber.

Esta noite vamos muito cedo ao prédio porque Rodolfo preparou um aluno dele, Álvaro Melián, que vai competir às 17h30 na categoria juvenil especial. Rodolfo diz que se Álvaro ganhasse na sua categoria, e Sebastián Sayago levantasse o título de campeão, tudo teria um final perfeito. Ainda que os boatos falem bem do malambo que Sebastián dançou, também se ouve dizer que ele nunca se recuperou da lesão que teve em 2012 e que, se passar para a final, terá de sapatear com muita dor.

— Encerrar o campeonato com essas duas coisas seria um sonho — diz Rodolfo enquanto caminhamos na direção dos camarins. — Sebas merece. É um cara muito simples, muito humilde. Eu lhe desejo que ganhe, de todo o coração.

Este ano, a zona dos camarins está pintada de branco e há cartazes com letras pretas que indicam Camarim 1, Camarim 2. Uma menina vestida à paisana se aproxima para pedir um autógrafo e Rodolfo lhe pergunta se pode esperar um pouquinho, porque seu aspirante já vai subir.

— Claro, de qualquer forma, você vai ser campeão a vida toda — diz a menina.

Rodolfo sorri para ela e toca-lhe a cabeça. Caminha até a lateral do palco e, no momento em que Álvaro começa a dançar, vejo-o fazer o que vi tantas vezes: o sinal da cruz.

Às duas da tarde do domingo são anunciados os que estão na final do malambo maior: Rodrigo Heredia, por Córdoba; Ariel Pérez, por Buenos Aires, e Sebastián Sayago, por Santiago del Estero. Álvaro Melián, o aluno de Rodolfo, também passou para a final na sua categoria.

Às três da madrugada de segunda, Rodolfo está na sala da imprensa vestido com o traje do Norte e com o nariz entupido.

— Acho que é porque dormi com o ar-condicionado ligado.

Desde a terça subiu ao palco muitas vezes para dançar uma zamba, uma valsa, uma cueca. Ter participação ativa durante o festival do ano seguinte é parte importante do compromisso que assumem os campeões em exercício e que inclui, além de algumas viagens de intercâmbio com países como Chile, Bolívia e Paraguai, a direção de uma oficina de malambo em Laborde pela qual não recebem pagamento algum.

A essa hora já sapatearam os três aspirantes da categoria maior. Sebastián Sayago, apesar de sua lesão, mostrou um malambo do Norte luxuoso, exasperante, dramático, uma investida que deixou Fernando Castro, que o olhava da plateia, aos prantos.

— Ele fez o que tinha de fazer: não deixou dúvidas. Mas agora tem de esperar — disse Rodolfo.

Miriam conversa com seus pais, que chegaram da Patagônia. Fernando Castro, que se mudou para Salta e é professor no balé folclórico dessa cidade do Norte, afina a sua guitarra vestido com um jeans e uma camisa impecáveis. Rodolfo pinga remédio no nariz, posa para uma foto com a prefeita de Laborde. Lembro que a esta hora, no ano passado, o Tonchi estava escondido debaixo da mesa do camarim número 2, como se esperasse um vendaval, e Rodolfo curtia a sua angústia rezando para um santinho.

Às quatro da madrugada, Rodolfo se veste com o traje do Sul e repassa seu malambo diante do espelho da sala.

Às 4h30, vamos para o palco.

A cerimônia da premiação é, outra vez, lenta e longa. Às 5h30 já se sabe que Álvaro Melián não ganhou em sua categoria e que o vice-campeão é Ariel Pérez, pela província de Buenos Aires. O locutor, então, anuncia que chegou o momento da despedida do campeão de 2012.

— O país se reuniu na capital nacional do malambo, e assim cruzamos esta reta final da quadragésima sexta edição, que tem tantas emoções! Agora, conosco, Rodolfo González Alcántara, da província de La Pampa, consagrado campeão nacional de 2012, que recebeu ao longo do ano o carinho de todo o país. E um campeão se despede dançando, sapateando assim diante do público do mais argentino dos festivais!

Rodolfo, que espera entre os cortinados do palco, faz o sinal da cruz e entra. Da plateia se escuta "Vamos, Rodo!", "Aí, campeão!"

Faltam quinze para as seis da manhã.

Falta meio minuto para as 5h50 quando termina de dançar o último malambo da sua vida, e caem sobre ele os aplausos da multidão. Beija o assoalho, ergue-se, aproxima-se do microfone e diz:

— É difícil estar aqui. Agora não queria parar mais de sapatear. Mas o físico já não aguenta. Hoje me levantei meio triste, com muita vontade de chorar, porque este é o final da minha carreira. Laborde me deu tudo e hoje me tira tudo. Tudo fica aqui. Espero poder representar Laborde e o nosso país o mais impecavelmente possível. Pelos que vêm. Pelos que sonham. Obrigado a vocês, povo de Laborde, por ter-me feito me sentir um rei. Por ter-me dado tanto. Por ter-me ajudado a ser o que sou.

O povo grita. Rodolfo ergue os braços ao céu e agradece. Depois recua e fica num canto. O locutor diz:

— Senhoras e senhores, agora apresentamos nada mais, nada menos que o novo campeão nacional de malambo...!

A luz do amanhecer avança no céu atravessado pelos restos de umas nuvens vermelhas. Da plateia se eleva uma tensão marmórea.

— Laborde revela para a Argentina e o mundo, neste dia que já é de manhã, o nome do campeão! Do seu campeão número 46! Senhoras e senhores! O campeão nacional de malambo de 2013 é da província deee... Santia...!

E, antes que diga Santiago del Estero, antes que diga Sebastián Sayago, o público explode. Atrás do palco, Sebastián, num tumulto de abraços, chora. Do outro lado do palco, Rodolfo me olha, sorri, fecha o punho e o ergue em sinal de triunfo. Eu, sem pensar, respondo com o mesmo gesto. Sebastián sobe, abraça Rodolfo, recebe a taça e, enquanto dança seu primeiro malambo como campeão — e um dos últimos de sua vida —, Rodolfo desce discretamente pela escada lateral. Ali, junto de um pequeno muro, Miriam o espera. Ele está com os pés cheios de sangue e a abraça. Ela chora, mas ele não diz nada. Um menino se aproxima e toca-lhe as costas.

— Campeão, pode assinar para mim?

Rodolfo se desprende do abraço e olha para ele. O menino deve ter uns 8 anos e tem os cabelos compridos que costumam usar, já desde pequenos, os malambistas.

— Ah! Meu jovem amigo, claro que sim. Onde quer que eu assine?

O menino lhe diz, indicando as costas:

— A camiseta.

Rodolfo se agacha e, sobre as costas do menino, escreve, trabalhosamente, uma dedicatória. Depois, se despede com um beijo, caminha até a sala da imprensa e, num canto, começa a despir-se. Tira o paletó, o colete, o cinturão, a faixa, a camisa. E, antes de guardar na sacola marrom cada uma dessas coisas, dá um beijo.

Eu não o vi chorar, mas estava chorando.